朱成玉

|散|文|精|选|集|

灌木丛上会落下星星

朱成玉 著

金城出版社
GOLD WALL PRESS
·北京·

图书在版编目（CIP）数据

灌木丛上会落下星星/朱成玉著.—北京：金城出版社有限公司，2020.11
（朱成玉散文精选集）
ISBN 978–7–5155–1989–0

Ⅰ.①灌… Ⅱ.①朱… Ⅲ.①散文集－中国－当代 Ⅳ.①I267

中国版本图书馆CIP数据核字（2020）第003952号

灌木丛上会落下星星

作　　者　朱成玉
责任编辑　丁洪涛
责任校对　王秋月
责任印制　李仕杰
开　　本　700 毫米 ×960 毫米　1/16
印　　张　17
字　　数　150 千字
版　　次　2020 年 11 月第 1 版
印　　次　2020 年 11 月第 1 次印刷
印　　刷　天津旭丰源印刷有限公司
书　　号　ISBN 978–7–5155–1989–0
定　　价　39.80 元

出版发行　**金城出版社有限公司**　北京市朝阳区利泽东二路 3 号
邮编：100102
发 行 部　(010) 84254364
编 辑 部　(010) 84250838
交流邮箱　dinghongtaobooks@126.com
总 编 室　(010) 64228516
网　　址　http://www.jccb.com.cn
电子邮箱　jinchengchuban@163.com
法律顾问　北京市安理律师事务所　（电话）18911105819

序·写给岁月的情书

朱成玉

岁月，我在写一封情书给你。我爱着你，遵循着你的规律，分分秒秒，认认真真地过。如果你也爱我，我不要年华中的盛景，不要熟透的红苹果，不要热烈的狂欢曲，只要在生命的尾端，再多停留哪怕一秒，让我再拨动一下，心上的弦。让我在你的怀里，留下属于我的回响。

我不绚烂，但不晦暗，只求做一盏莹莹的灯，照亮自己，温暖哪怕一米以内的亲人和朋友，便已知足；我不奢华，但无穷疾，只求做一条窄窄的河，濯洗自己，滋养两岸的鲜花和野草，心便愉悦。

一条河的两岸，秋天长出两只脚来，一只脚着绿，一只脚穿黄。一季过去，一季来临，携着一股冷冷的香气。太阳渐渐收起了扎人的针尖尖，少女的胸脯渐渐鼓胀，藏不住的心事仿佛随时都可以炸开。

在岁月里，我们渺小，如同瓢泼大雨中每一滴微不足道的雨点。风干已久的心事，遇见了这场雨，正在慢慢膨胀。最美的不是下雨天，是曾与亲爱的人一起躲过雨的屋檐。

我开始蜕皮了，慢慢地从嘴角，一层软软的白色的壳渐渐剥离了身体，虚浮在表面，又不肯爽快地脱离，没有了生命却依然固执，带着上一季的痕迹。

岁月，无论你在我脸上刻了多少首沧桑的诗，我都不会怨恨。“你是一首长诗”，我渴望得到这样的评价；岁月，无论你在我的头上泼了多少冷冷的霜花，我都不会哀叹。草永远不会被冻僵，只是暂时睡着。

无论多少创伤，都会愈合，岁月有一种神奇的黏合剂，可以复原破碎的美丽。

转瞬就入了冬。冬日的阳光，正鱼鳞一样缠伏在屋脊上。

只要燃起冬天的火炉，火光亮起，我就会释怀：再苦的日子也不过如此。毕竟此刻是温暖而满足的，心平气静地喝茶，漫不经心地读一些老照片。

林语堂说：人生是由生、死、盲肠炎、疹子、香水、生日茶会而结合的，并非由有机化学与无机化学而造成的。世界本就是复杂的，不是简简单单就能破译得透的。

我安然躺下，咀嚼生活的苦，时间久了，那苦就被磨砺出一种淡淡的咖啡香来。就像一只贝壳，含着一粒沙子。最初是疼痛的，迟早有一天，我一觉醒来，尽管鬓如霜，发如雪，但心里会躺着一颗年轻的珍珠，那是苦痛的岁月赐给我的礼物。

岁月，我在写一封情书给你。我爱着你，遵循着你的规律，分分秒秒，认认真真地过。如果你也爱我，请让我临终的时候躺到你的怀里，仿佛一个婴孩儿，一念放下，万般自在。我要串起檐下的那些雨滴，串成念珠，为后面循着我的足迹奔走而来的人祷告。

祈祷他们的岁月，顺畅、光滑、润泽，绚烂、澄明、温暖。

是为序。

目
录

第一辑

忧伤的质量

舍了红尘，遁入深山老林，我想那并没有多大的了不起，能在繁华处觅得清欢，寻得幽静，并安然相处，左拥淡雅，右倚繁华，这才全然是真的隐士。

第二辑

遍地丛生的碎屑

每个生命都可以是伟大的，只要你找到了一个最合适的角度，去瞻望它。

第三辑

月亮再弯，亮着就好

我们是生机勃勃的糖，哪怕岁月抛给我们太多的黄连，我们也要敢于和它同归于尽，搂抱在一起，在生活的大锅里慢熬。终有一天，我们的甜会消融黄连的苦，调和出一种与众不同的、情趣别致的人生滋味来。

第四辑

梦是夜的花朵

我是一棵孤立无援的树，不走动，不炫耀，浑身长满思想的叶子。

第五辑

灌木丛上会落下星星

牡丹的高贵，晚菊的沧桑，清莲的冷傲，都躲不过，凋零。

那么，何不趁着盛开的时节，蹲下来，与它们把盏言欢，耳鬓厮磨。

第六辑

向过去的自己辞行

有树叶就好。树叶蹦跳着，我们就没有理由悲伤。

第一辑

忧伤的质量

舍了红尘，遁入深山老林，我想那并没有多大的了不起，能在繁华处觅得清欢，寻得幽静，并安然相处，左拥淡雅，右倚繁华，这才全然是真的隐士。

一只鸟在写诗

一只鸟落在早春的枝头，啄开百朵苞蕾。一树花开，是一只鸟写的诗。

一只鸟落在晚秋的屋顶，叼出一缕炊烟。满院饭香，是一只鸟写的诗。

没有一只鸟能够完整地离开秋天，总要掉一片两片或者更多片羽毛。

叶子是树的羽毛。羽毛是鸟的叶子。

羽毛会落，叶子也会落。羽毛和叶子一样轻盈，羽毛和叶子一样，有翠绿的希望，也有暗黄的失落。

羽毛落得速度或许会缓慢一些，不像叶子，那样急速、决绝，羽毛喜欢在空中打着旋儿，在坠落前还不忘和风调最后一次情。

这些都不重要，重要的是，羽毛是最轻盈的诗句，从它赞美的庞大诗集里，缓缓剥离，分崩离析。

我在一只鸟飞翔的轨迹里，看见了诗——鸟的翅膀，是用来支撑自由的。

台湾作家王鼎钧写过："如果没有诗，吻只是触碰，画只是颜料，酒只是有毒的水……不能没有诗。如果人不写诗，鸟来写；鸟不写，风来写；风不写，蜗牛来写……"

世间万物，皆可为诗，这是一颗怎样纯净的心！

世间藏着诗意。只要活着，就能找到诗。比如你发现了花，我爱上了海，她迷上了雪。

如果你的心藏着诗意，那么云便是长了翅膀的，月便是披了轻纱的，风便是欢笑的或者哭泣的。那云，那月，那风，也都在写诗。

双双在给我的信中说：七匹马的车子停在你的门前，上面装满你要的诗歌。

这是爱人的诗，热烈而又豪迈。

青春是一场大雨，即使感冒了，还盼望着回头再淋一次。如果再给我一次机会，我会依然选择奋不顾身地走进雨里。尽管那场雨，下得惊心动魄。再大的雨，也浇不灭心头为你燃起的火苗。

我不要三月的风口浪尖，我不要四月的众说纷纭，我只要暴雨未曾停歇的夜晚，把你揽入怀中，捂上你的耳朵，告诉你，我摁灭了几盏闪电、几朵惊雷！

人到中年，再回头才发现，原来只因为有你，那些风雨才来得恰恰好。

当我说，我要给你写诗。那从心口蹿出来的诗句便不再是诗句了，而是一头小鹿，沿着蜿蜒的小径，头也不回地，朝着你的方向踢踏而去。

大米花小的时候，我们在雪地上玩耍，她和我说："爸爸，小心点儿，别踩疼了雪。"

小米粒让妈妈摇下车窗，拧开了矿泉水的瓶子，说要灌一瓶风，然后拧上盖贴在耳朵上，她说她要听听风的声音。

这是孩子们的诗。

一个妻子，两个女儿，够我写光这世上的纸。她们是我诗歌中的意象，是雪，是花，是呼啸的风，是云层里缓慢行走的月。

世间藏着诗意。胀满双眼的绿，绿得那般凶狠，绿得那样荒凉，绿得那样不容靠近又不可收拾，绿得那样决绝和孤僻。它们袭击了我的芍药、草莓、蔷薇和玫瑰，更用了层叠的势力，千方百计千头万绪千丝万缕地埋没了原有的主人，而没有丝毫的不忍和迟疑。

伸长了脖子在飞的野鸭子，翅膀带不动那体重似的，仿佛一下不使劲儿就会掉下来。它们都在天空上飞啊，都在飞越云层，都用翅膀在扇动风。

鸟的叫声，有轻灵婉转的，有自由泼辣的，自然，也有憨态可掬的。

夜里，去抬头仰望吧！月亮在夜空写诗，星星是一颗颗汉字。

讨厌的蚊子也可以写诗——它在我身上，摸索黑夜的开关；

草原上的草对马蹄的爱也是诗——期待马蹄再熨一遍它们的夏衣；

旋转木马的启示也是诗——彼此追逐却有永恒的距离；

哪怕一把旧锁，它的忠告也是诗——如果我休息，我就生锈。

总听到有人说，世界很大，要去看看，寻找远方和诗。其实，很多旅行并未给你带来真正的愉悦和感动，更别说对灵魂的触动。

除了几张照片和晒黑的皮肤之外，你所得无多。

现在的人们，把旅行当成时尚，在我看来，不过是另一种意义上的附庸风雅罢了。从来不去旅行的伊壁鸠鲁，在自己的花园里寻求的东西，我们的旅游者却要到国外去找！

那些所谓寻找诗和远方的人也一样，你的灵魂若是龟缩不前，即便身体走得再远，也写不出一首好诗来。

写出一首诗是心灵沉淀和发酵的过程，不管最终是否完成，只要我们走在这条路上，这本身就很美。比如此刻，我看到一堆白云一样的羊，一堆烧得东倒西歪的火，一口摇曳得乱七八糟的香气的锅。

你能说，那两个举杯对饮的人，不是诗人吗？你能说，他们的心，没在远方吗？

你能说，他们的心上没停落一只鸟吗？

为一朵花披上袈裟

夏天的末尾，花朵们将演出推向了高潮。莺歌燕舞，月影凝香，一朵一朵虚荣的花儿，簇拥出一座花园的繁华。它们开得义无反顾，开得赴汤蹈火，全身心都燃烧起来，毫无一点节制。秋天随后就来了，一朵领头的花儿落下来。落下来的花儿，紧接着带走了其余那些不情愿的花儿。

绽放的时候，争先恐后，凋落的时候，退避三舍。落英缤纷，一地残骸，是每一年都在重复着的剧情。顺了四季的愿吧，可是花朵说不，它们总是叹息，嫌花期太短。

欲望和虚荣就像那些喜欢攀比的花儿一样，倘若贪恋，毒瘾难除。

一日，一个高僧路过一片花田，那里生长着大片大片的鲜花，一朵一朵争着怒放，比着向外吐着芬芳。见此美景，高僧却摇摇头，不肯往前一步。

一朵修行已久的花儿见此，不禁有些疑惑，幻化出人形飘然落于高僧面前。

“你疾步来此，莫不是为了此地的景致吗？景致就在眼前，缘何又停止不前？”

“远观足矣。”

“不近些怕是闻不到最浓烈的花香呢。”

“如果没有风将花香吹散，浓烈的花香囿于一处，时间久了，便和粪臭无异。”

“你这和尚好生无礼，竟用如此秽语来形容我等。”花仙子显然发怒了。高僧却并不理会，接着问道：

“你认为自己最美丽的时候是何时？”

“当然是开得最艳丽的时候。”

“不，就像女人的掩口一笑是最美的一样，花开一半才是最美的好时节。”

说罢，高僧脱下袈裟，披到花仙子身上，“只为着你自己，开一次吧。”袈裟蒙住了它的眼睛，使它看不到其他的花儿怒放的盛景。

许久之后，它再次睁开眼睛的时候，其他的花儿都已枯萎凋零，唯有它，依旧灿烂如初。

它顿有所悟，欲望太过热烈，开得越鲜艳，衰败得越猝然。

人和那些花儿一样，免不了受着欲望和虚荣的蛊惑。

人是奇怪的。这个世界越是生满了红，铺满了绿，就越是孤独，越是忧愁。

人往往是因为爬得太高，才让自己的脚下变成了深渊。可是很少有人不往高处走，人的心如同一座神秘的高原，只要有路，可以一直走到天上。

三毛写过一首诗：

我不吃油腻的食物，我不吃饱，这使我的身体清洁；
我不做不可及的梦，这使我睡眠安恬；
我不住豪华的居所，这使我衣食无忧；

我不穿高跟鞋，这使我的步子更加悠闲；

我不跟时装流行，这使我的衣着永远长新……

三毛仿佛就是那朵因披了袈裟而开悟的花儿，不张扬，不炫耀，只为自己的心绽放自己的美丽。

听到这样的话，我想为杂草丛生的欲望剃一次光头。我想摒弃繁华，向内心聚敛芬芳。

“如何使一滴水永不干涸？”

“让它归入大海。”

“如何使一颗心永恒？”

“让它皈依自然。”

乡愁的二次方

生活，从没有像今天这般盛气凌人，高高在上，向我发号各种施令。

它对一颗心说，妥协吧。执拗的心，却宁愿被割出血来，也不肯停止奔波。

我仿佛是一只被这个城市豢养的兽，逃不出牢笼。可是一颗心不愿听凭生活的摆布，将自己典当给钢筋水泥的丛林。一颗心，总是朝着故里的方向，马不停蹄。月亮挂在人间的肩膀上，一盏最高处的灯笼，引着我回家。

一片、两片、三片……我看到有孩子在路灯下数着雪花。雪花越数越多。有人把雪花当成精神的药片，有人把雪花当成灵魂的抹布。我把雪花当成我的乡愁，一片、两片、三片……我数起了乡愁，乡愁越数越多。

浓烈的酒精又一次将我麻醉，我跌跌撞撞，与弥散开来的乡愁抱个满怀。心里，便埋入了乡愁的二次方。

有人打着赤脚，走过故乡的泥塘，妄图获取几条意料之外的鱼；有人挖空心思在找，可以永远盛满饭的碗，以前叫铁饭碗，现在叫金饭碗，其实啊，生活就是一只大海碗，里面永远一并装着快乐与艰辛；有人拼了毕生的心力，不过是拆了东墙补西墙；有人飞翔，有人坠落，有人奔跑，有人漫步……

季节给了我再高的天空，我也飞不出最初的湛蓝。口袋里的钱多了，心却不再那么丰盈。一览众小的喜，终是抵不过远离大地的悲。

心若没地方安置，再好的日子，都是一种漂泊。

今夜，一杯粗茶，不知能否沏开人到中年的落寞。

我不怕衰老，这是命之所归。我甚至有些盼着自己，老到痴呆的那一天，会急迫地去做一件事——将那嘀嗒作响的时钟上的时针往回拨。就像儿时，盼着父母下班，将它往前拨一样。

那样，是不是就可以让时光倒退，可以重新怀揣着我们最初的美好愿望；可以让玫瑰重新再开；可以让夜把天空退还给白天；可以让刚刚准备冬眠的物种们掀掉被子；可以让母亲重新清晰地看到这个世界。

那样，是不是就可以跟在母亲的脚印后面，将整个尘世踏个洁白。

是不是，还可以，称呼那些缠绵的过往，亲爱的。因为纠缠不清的往事，都是我的亲人。生命中总有那一小段光阴，会成为你日后的某一根肋骨。时而会疼痛，提醒你记起。

父母省吃俭用扯了很多花布，可是儿女们却再也不穿那种小棉袄；不小心摔碎外婆最疼爱的一个青花瓷碗，却狡猾地嫁祸于猫。猫得到了鸡毛掸子的追打，委屈使它的眼睛变得更蓝；父亲跺跺脚，身上的雪落下来，心上的雪却又堆积了一层——因为没有讨到工钱，年货还没有着落；母亲总是宁愿躲在黑暗里，也不开灯。她省下的电费，我没算过到底能有多少钱；放学回家的小小人儿，仿佛胸中永远藏着快乐的鸟，一唱起来就没完没了；祖母还是那么多话，风烛残年的老人，如果她沉默，证明她正在接受离别。如果她唠叨个没完，证明她一如既往地眷恋……

最近的梦里，总能看见失明的母亲，扶着一面墙，摸索着艰难行走。即便无法再看见任何事物，却还是那样干干净净。背是驼的，步履也是蹒跚的。而我，却再不能领她回家。

“母亲，你躲在我的血液里，是否温暖。我看你游来游去，伸出手，却触不到你。”（李庄诗）

今夜，提一盏什么样的灯，才能够重新照亮我们的年华。故乡，要在内心积攒多少白月光，才能铺一条通往你的银色的路啊。

今夜，风在天涯写信给过往的尘埃，今夜，我在写诗给心心相念的故乡：

故乡，走的时候，
忘记了吻一下你的额头。
回来的时候，
我要重重地，给你磕头。
故乡，一别经年，
我仍旧是热的啊，
我是你的孩子，
我永远在你温暖的襁褓……

故乡，为你写的每一首诗都是热的。你看啊？心若一动漫山遍野的桃花就红了……

故乡，我是你忘关的水龙头，汇成小溪，汇成河，汇成大海。

今夜，唯有把故乡的炊烟捻成一绺儿，缠绕到手指，做一枚乡愁的戒指，方可令一颗心望梅止渴，稍稍安宁。

故乡，你欠我一个大大的拥抱。

故乡，我欠你一串回家的脚印！

当绝望堆积成塔

我和许多人一样，嘲弄过一只蜗牛。我们高举着一片叶子，让它慢慢地爬到叶子的顶端，它东张西望，无路可逃，只好原路返回，慢慢爬回它的起点。

很多年以后，我不禁问自己，我们嘲笑它什么呢？嘲笑它大难临头时的无能为力，还是没有在叶子顶端跳下去的不勇敢？

现在想想，觉得受嘲弄的反而是我们自己。它往上爬和往下爬都是一个速度，说它欢乐也好，说它颓唐也罢，都不过是我们自己强加给它的想象，它用同一个速度证实着自己的淡然和优雅。

有一个因聋哑倍受歧视而变态的女儿，有一个不知因为什么变态到用枪把自己脑壳轰碎的老婆，这个曾经在失乐园中变态的日本中年男人只有再次变态，跑到与美丽富饶的摩纳哥只有一字之差因而就有天壤之别的摩洛哥去打猎。那把三八大盖式的步枪因猎杀过太多生命而变得太过沉重，也许是因为日本男人发现杀戮也不足以让他那一脸的忧郁有片刻消散，所以在分手时就把枪扔给了非洲向导。这个非洲人把这个赐予当做是自己应得的小费，马上换成了500块钱和一头山羊。

本来搞到一把枪用来杀死或至少驱走野狼保护自家羊群的小哥俩，在荒凉的大山上，除了自我释放因偷看姐姐裸体而被激发的性欲外，试射不同的目标就成了他们新的乐趣。一个因为吃饱了实在没事可干就和老公较劲的美国少妇不幸撞到了弟弟射出的子弹，顿时血流如注，只好麻烦家里的墨西哥阿姨再多照看一天他们的孩子。阿姨在墨西哥的儿子在娶媳妇，这可是天大的事，况且还有和老情人的约会。在美国非法滞留了 16 年的墨西哥阿姨不知深浅地把一对儿金童玉女塞进了看上去就非常不靠谱的外甥的汽车，驶入墨西哥。

摩洛哥、日本、美国、墨西哥，天南地北的几个地方因为一颗偶然射出的子弹交织在一起，这是电影《巴别塔》讲的故事。

在电影里，我只看到了绝望和无助。皮特在妻子面临生死关头，没有医疗设施，语言不通，与外界联系不通，同行者弃之而去，政府无能为力时的绝望和无助；墨西哥保姆与两个小孩子被遗弃在荒芜的沙漠边境，太阳炙烤，面临脱水，却找不到可以帮助的人时的绝望和无助；摩洛哥小男孩闯下大祸后逃离，面临警察追缉，哥哥被击毙，爸爸失去理智，自己反抗无效后，举起双手跪在地下，请求对哥哥实施救助时的绝望和无助；日本聋哑少女在失去母亲，得不到异性爱慕，连裸露身体、挑逗对方也不能让对方接受自己时的绝望与无助……人在某些时候是多么渺小，能够改变的东西是那么有限，不论我们在世界上哪个角落，操着哪种语言，我们都在受着伤。我们建立不起来一座通向天堂的巴比伦塔，不仅仅是因为我们交流的方式被耶和华破坏。沟通上更大的障碍是我们的灵魂。

当绝望堆积成塔，我们唯有企盼各自灵魂的相通，那才是真正的理解和包容。

有一个故事说，一对父子，在寒冷的海面上划船，当然，划船的是父亲，因为儿子还很小。儿子捂得厚厚的，坐在父亲对面。一会儿父亲就划出了汗，将身上的衣服脱下一件。但还是越划越热。父亲想，这样热下去，不也要把孩子热坏的？便在自己又脱衣服的时候干脆给儿子也把外套脱下来。接着父亲每脱一件，就为心爱的儿子脱一件下来。可是没多久儿子就被冻死了。

这是多么可怕的爱的分歧。

不从别人的角度来考虑问题，就会像那个父亲一样，犯下愚蠢的不可挽回的错误。

波兰导演克日什托夫·基斯洛夫斯基执导的电视剧《十诫》是现代版的十诫，第一集的剧情是：八岁的巴伯家门前有一个小湖，冬天他喜欢在那里滑冰。但冰的厚度是不一定的，只有厚到一定程度才可以在冰面上安全地玩耍。巴伯的爸爸是一位数学家，精通电脑，相信一切都能够用电脑方程式运算出来，比如门前小湖的冰面厚度就可以这样算出来。圣诞节前，小巴伯想去滑冰，他按照爸爸的教导打开电脑询问计算结果，电脑说，“I am ready”，于是他穿上爸爸给他的圣诞礼物冰鞋，上了冰面。正当他欢快玩耍的时候，湖上的冰破了，巴伯葬身湖底。

看吧，这多么让人绝望，生活仿佛是一块薄薄的冰，我们忐忑前行，生怕一不小心就掉进冰窟。

命运的诡异会把不同的人推上高高的塔尖，我们要做的，不该是纵身一跃，而是掉转方向，像一只蜗牛一样，慢慢从塔尖儿爬向地面。

用同一个速度，向上和向下！

渺小的、愚蠢的、怯懦的蜗牛，反而成了引领人们逃离绝望之境的圣哲。

一条河的两岸，住着慈悲

一个孤苦伶仃的老人，谁也不曾想到，从前竟是一个千万富豪。直到被自己最信任的朋友欺骗，导致了公司破产。为了打消他的轻生之念，妻子和女儿陪着他来旅游，却遭遇洪水，一家人被洪水冲跑，他侥幸被人救下来，妻子和女儿却撒手人寰。他的心被抽空，已经没有向老天控诉命运的力气了。按理，这一次他更应该生无可恋，直接投进河里，索性断了人间这无休无尽的烦恼丝，可是他没有。救他的是一个寺庙里的小沙弥，小沙弥说："生死不过一念，死易生难。生如死，万念皆为尘灰；死如生，苦海亦可泛舟。我佛慈悲！"

"苦海亦可泛舟"，这一句猛然惊醒了他的魂魄。对于他来说，精神的死亡比肉体的死亡更可怕，既然命运把自己逼到死亡边缘，何不折身而返，把生命的穷途末路当做一次重新开始的远行！从那天起，他就在出事地点安顿下来，做了一条船，年复一年日复一日地义务渡着过河的人们，几十年来风雨无阻。他只有一个念头，不想再看到有人溺水。

那年的汛期来得早，洪水浊浪排空浸满了平日里清澈的河流，老人在渡口边张望着放学的孩子们，对着咆哮的洪水自言自语："这水咋越涨越高，让我咋送娃们回家哟！”那天的渡船在洪水中有些飘晃，老人不断地嘱咐孩子们坐稳，专注地把持着船舵慢慢地接近对岸，可就在岸边，船却几个来回也靠不了岸，老人握住锚头用力向岸上抛去，锚扎在了岸上，孩子们也都上了岸。这时候洪水里一个人拼命喊着救命，老人奋力把船划过去，那个人刚把手搭上船边，老人就看清了，竟然是他的老冤家，害得他家破人亡的那个骗子。那家伙苦苦哀求着老人救他一命。老人咬咬牙，拉他上来，一句话都没有说，拼命把船摇到岸边，使劲儿把他推上岸，自己却一个踉跄翻到船下，一个瞬间就没了踪影。孩子们愣怔怔地望着，眼泪齐刷刷地落下，其中一个孩子问：“爷爷是游泳回家了吧？”

回家了！老人去与家人团聚了，他的家里，住着慈悲。

小的时候，常去朋友阿凯家玩，他家大院里住着一对老两口，年岁很高了，膝下无子女，一辈子相依为命，感情很好。我每次去玩时，总看到他们出出进进的样子与脸上安详静谧的神态。从阿凯的嘴里听到有关他们的点点滴滴，但我并不在意，在我的意识里，他们是一对非常普通的老人，唯一有点特殊的是没有子女而已。

老人对阿凯他们很好，阿凯有一个疯叔叔，全家人都嫌弃，却成了非亲非故的那对老两口的宠儿。那个时候，我一看到阿凯的疯叔叔就退避三舍，可是这一对老人，一看到这个疯子，就满脸的疼爱，总是给予无限的关爱。

疯子有一次不知何故离家出走了，老两口哭得那么伤心，好像是自家亲生的孩子一样。步履蹒跚地找了一天一夜，终于找到了，高兴得不得了，做了好多好吃的东西给疯子吃。

也许是没有子女的缘故吧。我在心里想。但很快我便否定了自己愚蠢的想法，其实真正的原因，是老人的内心装着善念，住着慈悲。

冬天在公园锻炼的时候，常常会看到这样一种情形：公园内所有花盆里都撒着一些粮食，为了冬天的鸟儿可以不再辛苦地找食。

包括我在内的许多人都认为不妥。鸟儿虽然在冬天有粮食吃了，不会再饿着，但另一方面，公园里的很多小啄木鸟久而久之，对粮食产生了依赖，从而很少再去啄木了，树里的虫子自然活着的就多了起来，树就生了病。这样看来，有些帮助反而会起到相反的作用。

有了粮食，鸟儿的叫声变得比往年的冬天欢快了，可是这欢快里，你是否听出了一种慵懒？

镜头回放过来，看看是什么人在做这些事——

垃圾箱旁，一个老人捡拾着别人扔的粮食，所有人都以为他是要捡回自己的家，可是他却背着去了公园。在公园每个落满雪的花盆里，撒上一些粮食……

我们是从“理”的层面剖析这件事，而那个老人却是从“情”的层面做着这件事。

就算我们剖析得很有道理，也让人信服，但是老人对鸟儿的慈悲心肠，我们不能熟视无睹。

慈悲，佛家的解释是：“与乐为慈，拔苦为悲。”与乐，便是给予一切众生快乐；拔苦，便是拔除一切众生苦难，是悲天悯人的情怀。

我却更喜欢从字面上去解释它。

悲容易陷落，慈却会向上引着人心。

一个人徘徊在河的这边，渡不过苦，看不破难，他叫悲；一个人渡到河的那边，看破生死，参透轮回，他叫慈。

生命是一条河，这条河的两岸，住着慈悲。左岸为慈，右岸为悲。

落在纸上的星星

我喜欢一些字，因为喜欢而闪着光怪陆离的光。它们是落在纸上的星星。

比如，来。

是的，是来。不是去。

来是拥抱，来是取暖。你来，每一瞬间，每一个毛孔里的花都会开放。你离去，每一个脚印都让世界延伸成荒漠。

你说，最幸福的一刻，是我张开手臂，对着你说，来！

这一个来字，此刻落在我的纸上，它是文字里的星星。

比如，疼。

一个生活沉闷落魄不如意的男人心底的疼和身体的疼，他沉溺在这样的疼里变态上瘾。每天下午两点钟的疼准时到来，疼像一个细小的虫子蠕动，在他的神经末梢，开始了，微颤的，开始了，蔓延的，开始了，痉挛的。他不喜欢吃药不喜欢医治，不喜欢一切一切外在的力量，他觉得自己的头发稍儿都跟着那些疼晃动了，像海啸一样，忽然就被那些疼拉直了，像山崩一样忽然就被那些疼摔碎了，一塌糊涂地堆下来……

疼，是有形的，从牙齿到腮腺，到脸到眼睛到鼻子，顺着血液流淌一样。疼是无形的，风一样忽然就吹散在身体里了，快乐被撕扯开去的时候，他拼命地想驱逐开这些疼。可是，后来他发现，疼着是快乐的，疼着是活着的，疼着是刚出锅的水豆腐一样鲜嫩着的。

失去血色的夜晚，露出被咬疼的神经。一只蚊子，穿过夜的骨髓，抵达幸福城堡。梦，抽搐着，转了个身，在男人颠簸的鼾声里打了最后一个饱嗝儿。时光是酱色的，墙上的血是酱色的，没有人去理会一只蚊子干瘪如初的尸体，有人把它定义为喜剧。剧终，一个夜晚，捡起一张失血过多的脸，照亮一只蚊子留在墙上的悔过书。

比如，想。

想，是热的。刚出锅的小笼包热气腾腾。上班后，2 岁的女儿打来电话："宝想爸爸……"这个想，多么热切，通过这个字，可以闻到隐于其中的婴孩儿身上的奶香。

想，是暖的。棉花垛里最靠里的一团。母亲电话里说，"想家了就回来看看。"想，忽然就沾着母亲围裙上葱花的味道了。

想，是凉的。西伯利亚的蝴蝶扇了三下翅膀。女人追着男人问，"这么久，也不给我打个电话，有没有想我啊？"

男人说，"想啊，只是我太忙，忙着开会，忙着见客户……"

这想就冷凉了，像炸裂后的烟花，激情过后，唯有泼了一地的硫磺味道。烟花易冷，斜刺里穿来的冷风，让这个字哆嗦起来，不停抖动。

想，是厚的。老祖母的储物柜尘埃半寸。父亲说，"想奶奶了就来看看她留下的东西吧。"拂去尘埃，看到的竟是我的童年——弹弓子、溜溜球、护心锁、照片、奖状……她竟然都为我留着，而她却走得很远了，星星与我一样的距离，我的想还追得上她吗？

想，是薄的。几片雪花匍匐在地。素未谋面的男人和女人，甚至都没说过两次话，那男人就可以在微信里对那女子说，"我想你了"。想什么呢？对着薄而冰凉的手机屏，除了那个暧昧的设想，还有什么是可以热切起来的呢？

想，是浓的。老式笨锅里熬着猪蹄儿汤。“吃哪儿补哪儿，没几天我这脚就好了，别回来了，一趟路费好几百，精细着点儿过日子。我没事儿，别想着了啊。”父亲在电话里唠叨。

“旺财（父亲养的一只狗）还好吗？我想它了。”

“你这孩子，大老远的想啥不好，想一只狗！它好着呢，这会儿正围着你妈摇头尾巴晃呢！”

这想，就有了老汤的味道，又有了旺财身上的腥气，不过这会儿它若是在我身边，我还是会把头埋进它的长毛里。它也会舔我的脸，尾巴摇得像风车，这是它的想。

真是千奇百怪的想呢！

烟想着打火机。花蕊想着蜂蝶。琴弦想着手指。杯子想着水。碗想着米饭。枕头想着梦。白睡衣想着干净的身子……自然也有痴人说梦，想入非非，清醒时方知，你的想里，有我无法抵达的河流。我的念里，有你难以触及的月光。

世界本就这般无常。那想，也自然各有各的去处，有的结了霜，有的絮了窝，有的飘了洋，有的扎了根。

想。天涯不远。想。江湖无风。想。天下太平。

比如，比如，比如……我的纸是无边的海洋，容得下更多的星星落下来！

今天花儿休息

今年的花迟迟不开。不怪它们，乍暖还寒的天气，让它们刚一露头，便又缩了回去。像小时候的冬天早晨，我们刚钻出被窝，又“嗖”的一下钻回去，再眯一会儿吧，等阳光把屋子里烘得暖一些，再起床也不迟。

小米粒儿问我，春天都到了，我们什么时候才能去看花儿啊？

我告诉她，再等等，这些睡懒觉的花，要养足了精神才肯来见我们呢！

原本定好周末陪孩子去看迎春花的计划又搁浅了，连绵不绝的雨，让人心烦意乱。小米粒儿也不免情绪低落，原本攒足了劲儿要好好疯玩一次的，看来又只能在家里望雨兴叹了。

为了安抚那颗小小的失落的心，我只好放下手头的工作，陪她玩耍。

小家伙玩高兴了，慢慢便淡忘了清晨的那份失落。

我故意逗她，“今天没有看到花儿，还难过吗？”

她仰起脸很认真地说：“今天花儿休息，咱们下次再去吧。”

看不成花，只好陪孩子去看电影。第一次领着小米粒儿走进神秘的影院，看 3D 动画片。小米粒儿被逼真的动画所吸引，以至于我的暂时离开都没有注意。我只是想做个小小的测试，想看看自己忽然不在身边，小米粒儿会有什么样的反应。

邻座的女人很配合地对孩子说，“你的爸爸没影了，你咋还看得这么来劲儿啊！”

小米粒儿“哦”了一声，然后像什么都没有发生一样，眼睛都不舍得从大屏幕上转过来一下。

孩子的心，终究是禁不住那种新奇的诱惑啊！

过了一小会儿，邻座的女人再次提醒她，你就不担心你爸爸找不到你吗？

“不会的。”小米粒儿说，“我和爸爸捉迷藏的时候，再黑的地方，爸爸都会一下就找到我。”

孩子，是最暗的夜里，最亮的光。

天终于放晴。领小米粒儿去公园，她兴冲冲地跑到一朵花跟前，蹲下身，伸出双手，我以为她要摘那朵花，刚要制止，却发现她并没有去毁坏，而是轻轻地托起那朵花，把嘴唇凑上去，闭上眼睛，小米粒儿在吻那朵花！吻过之后，定睛地看了好一会儿，我不免好奇地问她在看啥？她说她要记住这朵花的样子。“那怎么记得住，同样品种的花都是一样的。”“不，不一样。”小米粒儿坚信自己吻过的花，就是不一样。“因为多了我的一个吻啊！”

再去那个花园，小米粒儿跑到上次那个地方，噘着嘴，有些伤感地说：“我吻过的那朵花不见了，它也不跟我说再见就走了。”

我告诉她，凋谢的那朵花明年还会再回来的。“它只是回去睡一个长觉，因为它盛开了一个夏天，也很累，也需要休息啊。就像小刺猬和小松鼠的冬眠一样。”

“啊？花也冬眠吗？”

“是的，花也会冬眠。”

“那么，它是不是也会做梦的啊？”

“嗯，是的，花也会做梦。它的梦应该就是自己在夏天的灿烂吧。”

我清楚地知道我在和小米粒儿撒着弥天大谎，并且灌输着错误的知识，但是我并不为此担心，因为我知道，知识可以靠孩子日后去学习，而诗意却要靠现在就去栽种。

一颗诗意的心，对孩子很重要。

“嗯，明年它回来，我一眼就会认出它来的。”小米粒儿恢复了快乐的神情，“因为我吻了它。”

那是我见过的最美的景象，我用最高的像素把它印在我的心底：一个蝴蝶般美丽的孩子，低头亲吻着一朵花！

我相信，一个孩子的吻，会俘获一朵花的心。孩子会记住那朵花，那朵花也会记住那个孩子，他们会在下一个轮回里相互寻找，彼此相认。

马不停蹄地奔向枯萎

一年又一年。像叶子一天又一天，望眼欲穿，重复着无尽的等待。风传来的任何一点好消息都会使你激动地战栗。你独自等到白首，却等不来那个温暖的胸膛。人生，是不是就此谢幕？你说，“不，我只是睡一会儿。谁敢保证，黄昏的时候，他不会来敲我的门？”你说，“他会带进来一阵风，在耳边，轻轻地唤醒我的幸福。”

于你，相爱、离别和想念是再自然不过的自然规律，扯动你全部的神经，耗尽你最美丽的青春。而你，并不沉沦。一个美好的念想，往往是一个女人芬芳的理由。

这是我祖母的一生。在对祖父的怀想中，马不停蹄地奔向枯萎。

萧芳芳凭借《女人四十》拿金马奖那次，张国荣给她颁奖，她上台的时候披肩不小心掉下来。然后她在发表感言的时候说：这女人啊，过了四十，什么都往下掉……

什么都往下掉，花样年华里的一切，脸上的笑和眼泪，全都是滑溜溜的，噼里啪啦泥沙俱下。

生命又何尝不是如此，绚烂总是一瞬间的事情，更多的是落寞。

没有不老的红颜。花到了秋天，开始凋落。女人，过了四十，开始掉落。女人们纷纷叹息：我们最大的情敌，不是第三者，而是岁月。

一件件东西开始离开她们的身体，牙齿，头发……她们老了，再美的胭脂也会掉落，如同那些不可挽回的青春，马不停蹄地奔向枯萎。

人世间，人与人的相遇，最是奇妙。多少人，在晚年的蜡烛下，依然为年轻时和某个人的惊鸿一瞥激动不已。多少人，奔向枯萎之时，嘴角却带着幸福的微笑。

我想，这生命，除了凋谢，是不是还可以拥有另外一种颜色？

除了落幕，是不是还可以拥有另外一种声音？

除了酸楚，是不是还可以拥有另外一种味道？

所以梅丽尔·斯特里普会在暮色之年用低沉喑哑的声音缓缓述说自己的曾经，叙说那个发生在非洲恩共山脚下农场中的故事。四天会发生什么？相爱、离别和想念。和我祖母的一生一样。

他对她说："我在此时来到这个星球上，就是为了这个，弗朗西丝卡。不是为旅行摄影，而是为爱你。我现在明白了。我一直是从高处一个奇妙的地方的边缘跌落下来，时间很久了，比我已经度过的生命还要多许多年。而这些年来我一直在向你跌落。"

她对他说："罗伯特，你身体里藏着一个生命，我不够好不配把它引出来，我力量太小，够不着它。我有时觉得你在这里已经很久很久了，比一生更久远，你似乎曾经住在一个我们任何人连做梦也做不到的隐秘的地方。你使我害怕，尽管你对我很温柔。如果我和你在一起时不挣扎着控制自己，我会觉得失去重心，再也恢复不过来。"

四天，犹如一生。那马不停蹄的秒针，每一下都扎在爱的神经上。但他们并没有让爱束缚，他们给爱注入了另一种血液："给相逢以情爱，给情爱以欲望，给欲望以高潮，给高潮以诗意，给离别以惆怅，给远方以思念，给丈夫以温情，给孩子以母爱，给死亡以诚挚的追悼，给往事以隆重的回忆，给先人的爱以衷心的理解。"这是他们对待爱的方式，对待人生的方式。

人的容颜可以衰老，芳香却不可抹去。所以杜拉斯要以这样的开头来讲述自己与湄公河畔中国人的故事："我认识你，我永远记得你。那时候，你还很年轻，人人都说你美，现在，我是特为来告诉你，对我来说，我觉得现在你比年轻的时候更美，那时你是年轻女人，与你那时的面貌相比，我更爱你现在备受摧残的面容。"

生命如此短暂。爱本身就是一种巨大的欢悦，当一个人散发出他的爱，他就开始享受自己爱的时候那种充实与欣喜。像花儿享受自己的盛开，像树木享受鸟儿的啁啾，像人们享受大自然中的某个细节，无论是一阵携带着花香的风还是一丛摇曳的三叶草，人们都能从发自内心的喜爱中得到那清新的快乐吧？尽管我们马不停蹄地奔向枯萎，但因为心中装着爱，我们的芳香一直都在。这让我再一次想到我的祖母，像某种著名的花那样，被岁月碾碎，却芳香如故。

让灵魂天天向上

坚持晨跑已经一年有余，这些晨跑的日子，让我心生许多感慨。不仅仅身体得到锻炼，灵魂也跟着得到了某种程度的修炼。

一个相处得很好的同学得了肝腹水，正在为病痛发愁时，又下了岗，曾经开朗乐观的人一下子萎靡不振，躲在屋子里好多天没有下楼。

我们几个要好的同学商量好，在周末，拎着美食和啤酒去开导他，一大帮人整整开导了大半天，终于有了点儿效果。久违的笑容重新回到他脸上。大家说起让他跑步锻炼的事，他说身体不好，走几步就疼得受不了，更别说跑了，很难坚持的。我建议说，“不跑，那就慢走，给自己定个目标。每天早上走两公里到父母家，问声好，说声我来了，坐一会儿，或者一起吃个早餐，或许只是喝杯水，然后说声我走了。一个来回四公里，既锻炼了，又看望了父母，岂不很好！”

有工作忙的时候，没有时间去看望父母，现在时间闲下来了，为何反而不去看望了呢?

邻居吴奶奶八十三岁了，嚷嚷着要去北京。儿女们说她走不动，她就开始锻炼。每天拿个小板凳，楼上楼下地走，累了就坐在板凳上歇一会儿，然后接着走。就这么坚持锻炼半年，终于在儿女们面前证实了自己的身板还硬朗着，可以去圆北京一游的梦了。

今年七月，终于成行，美滋滋地在天安门前照了相。

只要你肯，只要你有那样的信念，一切都可以成为指引你向上的力量。

朋友老唐是个残疾人，一辈子都在蹲着走路，他 13 岁离开了年迈的双亲，一个人蹲着走向了陌生的县城。用一块破布给人擦鞋，开始了自己谋生的路。

许多人都觉得他可以去申请民政救助，老唐说，“我没有健康的双腿，可是我有好使的双手。”他用这样一颗站着的心在人生路上努力地挪过来挪过去，45 岁了，拼了许多年，做起来的工厂养活着很多个家庭。可是他糟糕的身体和倒霉的运气，使他的工厂效益持续亏损。为了正常给工人开支，他四处借钱，欠下很多债。我们帮他出了主意，将工厂抵押给银行，宣布破产。可是他不，就这么一直坚持着，所有的努力不是在赚钱的途中，而是在无限的还债的路上。

每天晨练的队伍里，他是很独特的一景，看上去活得劲劲儿的，一副天天向上的样子。但有时候他也会困惑无助，觉得自己在一条孤绝的路上奔波劳碌，也曾听到他的叹息——“我死不起。如果可以一死了之，我早就解脱了。活着，我没有亲人了，可是我死了，就会害了曾经帮助过我的人，我欠下的不仅仅是钱，也是一份难得的情谊啊。为了还债，我必须活下去，努力活下去！”

老唐在用自己的责任心扛起艰难的人生。而我们有些人，站着的只是身体，一颗心却是蹲着的。

蹲着走路又有何妨！用他的话说就是，当你从地上抬起脚，其实，你就已经走在了天空中。

跑步是件很枯燥的事，但是身边的风景却给了我们太多的明亮和享受。枝叶间投下的斑驳碎影，在跑动摇摆的肩膀上游弋而过，有着一种动感而又含蓄的美。头顶上的蓝天，像是被白云仔细地擦洗过，蓝得通透，蓝得晶莹，一眼望过去就会被那样的蓝所接纳，所融化。身边或慢跑或散步的人，都是热气腾腾的生活里的舞蹈者。戴着帽子一前一后漫步的老夫妇，提着剑舞着拳的小团体，跳韵律操的方阵，推着孩子的年轻父母，带着宠物狗出来散步的行人……也许人们有很多身份，西装革履的政客，腰缠万贯的商贾，中规中矩的公务员，热情服务的私营者，清贫清高的学子……但是换上休闲装，穿上运动鞋，除了年龄和性别的差异，我们都是一样的，我们都是一群热爱生活、渴望健康和幸福的人。

热爱生活，你的灵魂自然就会天天向上。

忧伤的质量

看《歌手》，李健在评价迪玛希的时候，说了一句“他的忧伤很有质量”，他说迪玛希的眼睛里有光，有不同于他年龄的故事，那里面有深深的忧伤。本来是一句调侃，我却听出了不一样的东西。

忧伤也可以有质量吗？

我想是的。多少美妙的诗和歌都弥漫着忧伤的味道，让我们痴迷不已。把忧伤变成诗，把忧伤变成歌，这都是有质量的忧伤。

而那些沉沦和下坠，都是没有质量的忧伤。

有的忧伤是蒙蒙细雨，淋着每个人，但我们都知道，这雨终究会停，终究会有一架彩虹，横空出世，把你和新生活连接起来。这就是有质量的忧伤。

有质量的忧伤，是不光带给你美感，更重要的是不能带你坠落到深渊，而应该像一盏茶，虽然弥散着伤感的味道，但绝不沉沦，只是那么静静地与时光对峙，这何尝不是另一种意义上的抚慰？

人们善饮忧伤，不是为了最后解脱的醉，而是那忧伤里，浮着沁人心脾的茶香，那不是沉沦，而是拯救。

我想到川端康成的忧伤，那是不可一世的忧伤，令人心碎到骨子里的忧伤，但因为他最后自尽身亡，所以，我说他的忧伤是没有质量的。

川端康成的忧伤，有时候表现在他的沉默上。三岛由纪夫曾写到川端的沉默：跟他对面“被默默地、死死地盯着，胆小的人都会一个劲擦冷汗”。三岛由纪夫说，有个刚出道的年轻女编辑初次访问川端氏，运气很好或者说运气很坏，因为没有其他来客。但川端半个多小时拿那妖气的大眼睛一言不发地盯着对方，女编辑终于精神崩溃，“哇”地伏身大哭。

那张苍白的有些颓废的脸上，镶嵌着一双极度渴望探究人性的眼，那双眼睛是贪婪的，甚至让人觉得它有偷窥的欲望。

川端康成执着于“美”的追求，自然抒写之哀美、女性抒写之悲美、死亡抒写之幻美，构筑成了一个近乎苛刻的唯美文学世界，而最终的殉美而亡，便是对此的最佳诠释。

如果我的灵魂能与川端康成相遇，我只想问他，那临终的眼里看到了什么，世界的哪一部分还在绽放，哪一部分在慢慢熄灭。

我想，有一点是肯定的，那就是，在那即将关紧眼帘的刹那，永恒的美还在缓缓流淌……

但也仅此而已。我不会与他太过寒暄，我回转过身，捻了二两质量上好的忧伤，我要带着，去岁月里浅斟低吟。

我把忧伤看成一种气质。它可以是一种悲天悯人的情怀，可以是对生命的一种敬畏，可以是永无止境的对美的追寻。

阿多尼斯在一首诗中写过：

“但愿我有雪杉的根系，我的脸在忧伤的树皮后面栖息。”

他看出了一棵树的忧伤，那么，他必然也是忧伤的，只是，这忧伤是绿色的，是有营养的，他和树的灵魂彼此给予着深深的激励。所以，他才可以把忧伤豢养在他“孤独的花园”里，有节制地生长着。

忧伤是诗歌的核，那份忧伤是让人浅尝辄止的，而非陷入和沉沦。

可是写诗的人，有多少把自己埋在自己的罂粟花田里。特拉克尔、叶赛宁、马雅可夫斯基、茨维塔耶娃、海子、顾城、戈麦……在诗人的史册上，列着一长串的自杀清单，这以生命为代价哺养的忧伤，是没有质量的忧伤，是堕落的忧伤。

你写了再好的诗又有何益？你战胜不了自己的绝望，那么，你便不配给别人带来希望。

一个朋友，年纪轻轻就已经是特级教师了，可是有一天，忽然辞了职，去一个乡村支教。所有人都不解，她说，因为有一天，她看到了那个乡村的照片，照片上的天空，蓝得让人沉迷，还有那蓝天下孩子们的眼睛，那些忧伤得有些绝望的眼神，让她动容。

她说，她要走进那些忧伤里，她要把那些忧伤里绝望的灰都变成渴望的光。

她只不过是遵从了自己的心而已。

她的拯救，让那一大片忧伤变得有了质量。

她在给我的来信中，特意关照了我忧伤的特质——

“你看起来那样忧伤，在绚烂的阳光里这多么不合时宜……你可以忧伤,但不能一滑到底……”

与一只蚂蚁称兄道弟

很多蚂蚁，被踩死在求生的路上。我无法与之同悲，因为我不能确定，人类对于死亡的感伤与它们有何迥异。它们被大面积碾压，尸骨无存，我不知道，它们是否带走了属于自己的梦境。我不知道，它们是否走进了上帝布下的丛林。蚂蚁，总是赶在雨的前头搬家，总是赶在命运之帷拉开之前，微笑或者哭泣。蚂蚁，这浮动于地面上的供春天使用的标点，这风雨前头的预言家，最早感知着土地的冷暖，最早洞悉着不可预知的一切，只是，很多蚂蚁，常常被踩死在求生的路上。

大雨来临，成队的蚂蚁横在路上，浩浩荡荡向另一方向迁徙。它们摇动黑色触角，在路上传递信息，互相摆动触须，交头接耳。蚂蚁是怕水的，一场大雨，会让它们全军覆没。所以，这些小生灵居然掌握了一种观天的本领，在一场大雨之前，总能找到藏身之处。当然也有全军覆没的时候，那是我儿时的恶作剧。我端来一碗开水，对着成群的蚂蚁浇过去，冲得蚂蚁们四处溃散，落花流水。那是直到现在，依然令我心惊的罪恶。

我是在忏悔里慢慢喜欢上蚂蚁的。蚂蚁，像我儿时一起玩耍的伙伴，我令它们心寒，我弄丢了它们，一直试着找回来。

大解写过一首诗，叫《小想法》：

小到什么程度　才能和蚂蚁互称弟兄
跟它们一起爬树　奔跑　搬运
小到什么程度　才能被蚂蚁抱在怀里
小心呵护　睡吧　睡吧　可我就是不睡
像一个不听话的昆虫

我设想过许多种变小的方式
可我太大　太老了
生活从我心中取走了火苗　换成灰烬
我已经冷下来　变成一个软化的石头
失去了童心和激情

如果真有一只蚂蚁称我为兄弟
我将跪下来与它结拜　我们互相尊重
从此我将小心走路　注意脚下的生灵
我愿意照看它们的宝宝
拍抚它们的蛋　轻声地说
醒醒　醒醒吧宝贝　可它们就是不醒
像我那贪睡的女儿
翻个身　继续做梦

多么充满童趣的心！与一只蚂蚁结拜，这大概只有诗人才会有的想法吧。而我喜欢得很，当你与一只蚂蚁称兄道弟的时候，你肯定是这个世界上最善良最仁慈的人，你连一只蚂蚁都不忍伤害，都懂得去呵护，你还会对你身边的人，下得了卑劣的手，攻得出暗黑的心吗？

弘一法师可算是蚂蚁的铁杆兄弟，他每次坐他的摇椅，都要先摇一摇，弟子好奇不免发问，他说担心椅子腿底下有虫蚁，摇一摇给它们提个醒，以免伤了它们。临终时他叮嘱弟子五件事，最后一件是：

“待七日后再封龛门，然后焚化。遗骸分为两坛，一送承天寺普同塔，一送开元寺普同塔。在未装龛以前，不须移动，仍随旧安卧床上。如已装入龛，即须移居承天寺。去时将常用之小碗四个带去，填龛四脚，盛满以水，以免蚂蚁嗅味走上，致焚化时损害蚂蚁生命，应须谨慎。再则，既送化身窑后，汝须逐日将填龛小碗之水加满，为恐水干后，又引起蚂蚁嗅味上来故。”

将死之人，仍念念不忘蚂蚁，大师的菩萨心肠可谓世间难寻。

古人常用蝼蚁来劝人珍惜生命，说，蝼蚁尚且偷生，何况是万物之灵的人呢。想想也是，现代的人，哪怕是为了一点点感情上的事，动不动就去寻死觅活，精神已经退化到连个蚂蚁都不如了。古人还说，扫地恐伤蝼蚁命，爱惜飞蛾纱罩灯。对于生命的理解与尊重，古人的眼界要比我们开阔，要高远得多。

做了南柯一梦的那位仁兄，见识了蚁国的一切，与人世并无二致，一场梦经历了世态炎凉，悲欢离合，唏嘘之际，动了归隐之心，上山做了道士。这也可以称得上是亲近蚂蚁的有缘人士了。

我们活着，都是在世间修行。蚂蚁，其实是检验我们修行程度的一把标尺。从最小的蚂蚁身上，我们找得回内心深处的慈悲。

便突发奇想，回头我也寻个蚁穴，也躺在那边上，睡个不被扰乱的午觉，看看我自己，能否也做一个著名的流传千古的白日美梦。

与世无争的香

生而幸甚，于一无争的世界。

父亲如无争的水。本有位高权重的亲戚，要帮父亲谋个好差事，可是父亲婉拒，做了一辈子工人。守在这个小镇上，守着我们的家，虽无光宗耀祖之伟业，却活得干干净净，一个“人”字里面，无半点瑕疵。

无争的水，宁静致远。

母亲如无争的佛。母亲并非软弱，但常常做些忍让之事。被人冤枉，总是一件难过的事，但母亲总是选择做一个“健忘者”，很少与人争论。古道热肠的母亲，即便日后伤了她的人有了难处，她依然会施以援手。

无争的佛，大爱无边。

一日，在一个角落里，我看到一朵默默绽放的花儿。那是一朵儿普通的喇叭花儿，习惯在阳光出来之前开放，为人们吹响起床的号角。虽然那号角是无声的，香气却仿佛听到了号令一般，精神抖擞地满巷子冲锋。

无争的花，芬芳永恒。

无争并非无知，知而不争，是容己克己之术；无争并非无欲，欲而不争，更难能可贵；无争并未无畏，畏而不争，方显大智大慧。

名利、权杖、财富……多少人趋之若鹜，为此奔忙，劳碌一生。失去名利或许会让我们一辈子默默无闻，无法名传千古，无法白玉为堂金作马，但是得到了名利我们有可能会失去更多，健康、朋友、亲情以及优雅的心。

人，总是热衷于“有”，很少的人，热衷于“没有”。殊不知，“没有”也是一种“有”。没有车，可以步行锻炼身体，得到健康；没有情人，可以不必费尽心思编造谎言来哄骗妻子，得到轻松；没有头衔，可以不必让灵魂缀满丁当作响的勋章，得到安宁……

人，生而为零，死亦为零，不论多少财富，多少名望，都不过是零后面的数字，你叠加了多少，都不过是一种假象，虚荣的假象。你叠加得越多，证明你的虚荣越是茂盛。

无争，眼明。无争，耳净。无争，身轻。无争，心宽。

无争，令人想到著名的梅花，暗自在寒冬里开放，“无意苦争春，一任群芳妒。零落成泥碾作尘，只有香如故。”那与世无争的香，不知会令尘世里多少庸脂俗粉汗颜！

别让一根鱼刺扎疼你的岁月

一个朋友和我说起一件令人啼笑皆非的事情。他说他请一帮朋友吃饭，期间有一个人因为吃鱼被鱼刺卡到了嗓子，很严重，发了炎，去医院找医生才拔出来，然后又打了很多针，花了不少钱。令他万万没想到的是，这个人随后竟然把我的朋友告上法庭，说是因为吃了他请的饭，才被扎到了嗓子。

朋友自认倒霉，遇人不淑，交友不慎，乖乖赔了千八百块，也长了教训，以后交朋友可得擦亮眼睛。也不再轻易请人吃饭，钱包瘪了不说，还担着风险。

而那个索赔了钱财的人，这一圈人自然也不再理他，谁还会和这样一个心胸狭隘的人继续做朋友呢？

他索赔了千八百块，可是却失去了一大帮朋友。这份损失不知会不会令他痛悔。

仔细想来，这么一根微小的鱼刺，何来的大动肝火呢！

人与人的交往，最可贵的就是相互包容，谁能没有缺点，谁又能没有过失呢，宽容一点，岂不是皆大欢喜！

一个开养鸡场的同学，二十多年前是我们班的班长兼学习委员。学习成绩稳居第一，只有被追赶，从未被超越。我是在她后面追赶的人之一，为此遭受过她的不屑一顾：想超过我？也不看看自己的腿够不够长。那时候我是个小矮子，这么恶毒的话无异于在我伤口上撒盐，我用匕首一样的眼神瞪着她，从那天起，她就成了我心底的仇人，彼此一句话都没再说过。

二十多年后的一天，她和一大帮同学来我家做客，临走的时候，从后备厢里取出两箱鸡蛋，其中一箱明显拆开过。说，准备给超市送的，太远了，不送了，你就拿回去吃吧，都是笨鸡蛋，好吃。

我知道，她这本来就是给我拿的，又怕我多想，所以故意那么说。

我只是纳闷，另一箱怎么是半箱呢？

回家后，妻子要把鸡蛋放冰箱里，无意间查起数来，最后鸡蛋的个数是 101 个。

这些年写东西有了些名气，在同学中间传开，可是从来没有从她口中说出一些赞美的话，现在，她通过这 101 个鸡蛋告诉我，我是百里挑一的优秀的人。

这算是她间接承认我超越了她，并向我道歉了吧。

这让她花了多大的心思啊！

其实，当初她那句话也像鱼刺一样，这么多年一直卡在我的喉咙里，想想就难受。现在好了，再回想那些，简直就像小孩过家家一样稀松平常。

你看，生活中因为琐碎的小事导致朋友失和，甚至夫妻反目的，比比皆是。这提醒了我们，生活中不见得有多少大阴谋，造成你杯盘狼藉的往往是不起眼的鸡毛蒜皮。这些芝麻粒儿大小的事儿，在人际交往中往往扮演着分崩离析的角色。

宽容和谅解是这一切的黏合剂。

所以，我们此刻积极地做着的任何一件事，都好过在往事的泥潭里挣扎。比如，对面前已成定局的一盘棋的纠结；比如，上一颗掉落的牙齿，丢在哪里？比如，因为一根鱼刺，卡了嗓子，你连带着记恨起请你吃饭的人，记恨了那顿饭，记恨了那个饭店，甚至还记恨了那个给你取出鱼刺的医生，因为他自始至终绷着一张脸，仿佛你欠着他很大一笔债似的。

如此，这一根鱼刺，扎的便不仅仅是你的喉咙，它还扎疼了你的岁月。

第二辑

遍地丛生的碎屑

每个生命都可以是伟大的，只要你找到了一个最合适的角度，去瞻望它。

为灵魂降一场雪

人间太热闹，灯红酒绿处，太盛的喧嚣。而我，是不喜繁华的。

你说，某一日，你坐车疾驰于高速路上，忽然看到很多人间的歌舞楼台，你认为那应该是自己死以后的事情，你忽然觉得，人间种种，不过都是虚幻的盛景。

一颗心，不自觉地就去了红尘的另一边。

我想，弘一就是某一天看到这些，才毅然决然抛弃红尘的吧。任妻子在寺庙外跪了三天三夜，都不曾回头一望。只是冷冷的一句：虽存若殁。

叔同已死，活着的是弘一。

莫非，你也有皈依的意味？我替你摇了摇头。

世人看到的是弘一的决绝，我看到的，是他为自己的灵魂，降的一场雪。

他降的是一场好雪，可以冲泡世上最美的茶的那种好雪。

如今这人世，好茶尚有，好雪却难寻了。

在这个过程里，弘一自己也成了一场好雪，他抖了抖袈裟，便是给太过喧嚣的尘世，降了一场雪。

只是，我还不可如弘一那般，淡然出世。因为我在红尘这边，还有债，没有还尽。

我并非贪恋这人间美景，实在是，我在人间，有太多的牵挂。人间很美，我舍不得。不舍，不是贪恋，是在偿还。

其实，大可不必如此剑走偏锋，也不必如此决绝凛冽，留在俗尘，一样可以，为灵魂降一场好雪吧。

我觉得世上人都睡着，在梦里生活，而我过早醒来。他们都快乐不知在梦中，所以，难得糊涂，糊涂起来最快乐。有时候，觉得自己像个长不大的孩子，有时候，觉得自己又看透了一切。我有时很热爱有时又悲凉。

有些梦，不愿醒来，醒来什么都空了。寂冷的边，神和人，一个都没有。

在承德避暑山庄的寺庙里，我看到一种很特别的“楼梯窗”。导游解释说，寺庙离闹市很近，只有一墙之隔。为了防止小和尚们贪恋俗尘，所有的窗口都封死了。可是这样，阳光就进不来了，风也进不来。后来住持想到了一个好办法，那就是在窗户里边砌一些小阶梯。这样，可以曲折地带进来阳光和风，人的眼睛却看不出去。可是仔细想来，这其实是一个败笔，它太专注于一种形式，一个人，真正的修炼是内心的修炼，放到最热的火中锻造的，才是最好的剑。

那望不到红尘弥漫的眼，不见得就多么纯净；那听不到市井喧哗的心，也不见得可以降下一场好雪来。

我的邻居老海，每天早上在闹市卖油条，一根油条一元钱，一早上生意若好，可以卖五十根，去掉本钱，可以赚个三四十元。谁能想到，他曾经是个身家千万的大老板，由于决策失误，导致公司倒闭，而且负债累累。没办法，从头开始，如果按这个卖油条的方式来还债，他得还200多年。按理，这该是个要跳楼的人吧，可他不，低迷一阵子之后，照样乐和起来。山珍海味没了，咱吃豆腐土豆，一样津津有味。他说，那朴素的饭菜里，有活着的味道。

老海人在闹市，却超脱如佛。他抖抖肩，散落的面粉，我看着倒是像极了雪。

你我虽是俗人，也不免奢想着去觅得好雪，来泡一杯好茶，只是这世上，若有干净的雪，唯有去内心寻了。

那就去内心寻好了，何必弃了这红尘。

最本真地活着，就是为自己在降一场没有污染的雪，不必拘泥于红尘外还是红尘里。

记住，每个生命都可以是伟大的，只要你找到了一个最合适的角度，去瞻望它。

一只蚊子可以叮咬我们多久

我接触过一个案子，一个人在旅店，被蚊子咬，过敏，继而感染，进了医院，花了一千多块。越想越窝火，一气之下，把旅店老板告上法庭。他的理由是：我在旅店住，就有不被蚊子侵犯的权利，旅店里有蚊子，那就说明旅店没有做好卫生工作，就是旅店的过错，理应赔偿。

旅店老板自然是不肯掏钱的，因为他从来没听说过这种新鲜事的。此人却不肯罢休，发誓要一告到底。法院调解无果，最后没办法，只好任凭法庭来宣判。

在这个过程中，他丢了工作，妻子也离他而去。

他这么做，本身也并没有什么不妥，毕竟每个人都有自己的合法权益，可关键是，那旅店的老板是个残疾人，靠政府的支持，勉强开了那么一个小旅店，这让我不免将同情的砝码加到了小旅店老板身上，而把这位被蚊子咬到的人，定义为“斤斤计较者”。

一只小小的蚊子，凭空给他们增添了多少烦恼和负担！

生活中斤斤计较的人并不少见，他们买东西要算计到几分几厘钱，与人交往在意自己是否吃亏上当，一旦有人得罪了自己，他们绝不会忍气吞声，非要争辩出个是非曲直不可。他们计较自己得到了什么，更计较自己失去了什么，到最后他们并没有比别人多得。美国心理学家威廉总结说：爱计较的人常常陷在一事一物的纠缠里，一般都会引起焦虑症。爱计较的人在生活里常常对人对事充满不满情绪，与人闹意见，分歧不断，内心充满了冲突。爱计较的人，心胸常被堵塞，日积月累便是忧患，忧患中的人怎么会有好日子过？太爱计较的人，也是太想得到的人，而太想得到的人，往往很难轻松地生活。还有，太爱计较的人，必然是一个经常注重阴暗面的人，他总是处处担心，事事设防，内心总是灰色的。

这样的人自然没有快乐，因为他们不懂得原谅。

考了全班第一的英语，却被英语老师嘲讽是作弊得的；被好朋友合伙嘲笑长得“磕碜”，不会有人喜欢；被同事挤对，平白无故替人背了黑锅……世界尖锐得有些脱轨，怎么看来也不会是明媚的记忆和令人欣喜的过往。但不原谅又该如何？难道终其一生、只为仇恨？我告诉自己，我并不是原谅了他们，而是看清这个世界的不完美。

整个小学，都是被女生“欺压”得抬不起头来的岁月，那时候就在心底暗暗诅咒，诅咒她们长大了都嫁不出去。可是自己长大后，却找了一个上学时候专门欺负小男生的女孩子做了老婆。

我甚至原谅了一个窃贼，他还算克制，找到现金后就罢了手，家里电视、电脑等物还在，也没有把家翻得如同闹了蝗灾。我没有报案，并非纵容，一来所失钱物不多，财物像水一样在世上流动，它们本不属于任何人；二来希望他可以醒悟，愿他止于这些小罪恶，不要一发不可收拾。

回到我前面说的那个关于蚊子的案子上来，最后，法院判决被蚊子咬的这个人胜诉了，得到了赔偿。只是，他虽然打赢了官司，丢失的东西却更多。判决下来的那一刻，他并没有更多的激动，而是选择了哭泣，他说如果可以让他重新选择，他会选择宽容和淡忘。

他后悔不迭，如果可以宽容一下，退一步，他也不至于失去工作，失去妻子，失去那么多那么多正常快乐的时光。

仔细想想，这只是一只蚊子的胜利。蚊子不只是叮咬了他的身体，还叮咬了他的岁月。

我平静如水地生活，不想让任何一只“蚊子”钻了空子。这个关于蚊子的事件告诉我们，如果你对生活吹毛求疵斤斤计较，那么生活也定会睚眦必报，给你重重的回击。

我要租赁一天的大海

一直把大海的蓝色看成是灵魂的颜色。

记得此生写的第一首诗就是关于大海——

大海，可否借一朵浪花给我？
只要一朵，只要一朵，
洗我仆仆风尘，
慰我舟车劳顿！

今天，终于走到了大海的脚边，终于可以狠狠地甩出我的忧伤。我的无边无际的忧伤，空旷的原野无法接纳，幽深的山谷不能容下，只有大海，可以轻易地将它粉碎，成一朵微乎其微的小小浪花。

今天，一朵浪花已满足不了我，我要整个的大海，哪怕只有一天。

我要租赁一天的大海，我要把痛苦打包，成吨成吨地抛洒，卷起无边的千堆雪。

我要租赁一天的大海，我要把我的亲人们接来，在一朵一朵的浪花中间，穿行。

我要租赁一天的大海，洗一洗我在陆地上的那些日子。那些日子里，总有尾随而至的暧昧，像伊甸园里的蛇，吐着情欲的信子；那些日子里，慈善家的公园光怪陆离，三教九流充斥其中，人们在一场场虚幻的背景里，时而招摇撞骗，时而落泪悲伤；那些日子里，无边的黑夜就像深不可测的伤口，一旦打开便无法缝合；那些日子里，我形单影只伫立在流言的风口，如同一棵迈进深秋的枣树，为了清白，举着红色的誓言；那些日子里，因为失意，我总是冷的，即便是最热的夏天，也要守着一堆空酒瓶子取暖。它掏尽我的心思，我掏空它的胃……

我要租赁一天的大海，安顿我的灵魂。不管世界如何变化，总会有人浮出水面，总会有人沉到海底。千金散尽还复来，钱可以变着法地赚，可是情感呢，散去了还赚得回来吗？

李敖说，喜欢你喜欢的，打败你不喜欢的，活过你讨厌的，这样才不算白活。如今的我对生活，不轻易言爱。周而复始的忙碌和循环往复的奔波，时常让我觉得索然无味，有时，我依然还会愤怒，却也少了暴怒的力气。但某些时候，我会突然站定，抛开手中的一切繁杂，沏一壶茶，捧一本书，淡定而逍遥地度过一个下午。

我知道，从大海那里带回来的一朵浪花，已深深住进我的心里。

周国平说：人过中年，就应基本戒除功利心、贪心、野心，给善心、闲心、平常心让出地盘了。人最宝贵的东西，一是生命，二是心灵，若能享受本真的生命，拥有丰富的心灵，便是幸福。一个人把过多的精力给了物质，就没有什么闲心来照看自己的生命和心灵了。

这世上有多少默默工作而不被理解的人，有多少深深爱着，却被拒绝的人，有多少把一切悲哀和痛苦溶于微笑，又匆匆上路的人。我要租赁一天的大海，把他们统统都带上。

我要租赁一天的大海，我要去那海水中打捞，一个人的地老，两个人的天荒。

我要租赁一天的大海，我要用所有的浪花，来缝补世人心灵的袈裟。

我们跟着月亮走吧

那年我12岁，是家里很不顺的一年，处处弥漫着哀伤的味道。先是祖父去世；然后父亲在工作中受伤，中指被车床绞断；随后是哥哥闯了祸，和几个小混混一起偷铁被派出所抓去，坐了班房还要罚款；紧接着是姐姐被一个男人欺骗了感情，整日里精神恍惚。这些事情几乎是一起涌过来的，母亲像一个太极高手，四两拨千斤，硬生生用她柔弱之躯扛起了这一切。

父亲在医院里并不知晓家里发生的其他变故，母亲刻意提醒我们，因为祖父的去世，父亲心情一直没有缓过来，所以家里的事情必须对他隐瞒，让他安心养伤。

母亲把亲戚朋友甚至邻居家蹚了个遍，总算凑够了钱交了罚金，毕竟偷盗数额较小，派出所一通教育之后，就把哥哥放了回来。母亲并没有立即打骂，只是让他跪在院子里，让他自己思过。哥哥双膝跪着，心却直挺着，倔强地噘着嘴不肯服软："我去偷东西，不也是寻思给弟弟妹妹买点儿好吃的吗？"

"就是饿死，也不能白拿别人东西，何况是偷！"母亲终于爆发，气得脸色惨白如月，“人要清清白白，你就在这月亮地儿好好反省反省吧。”

那晚的月亮白油漆一样泼在哥哥身上，像母亲的目光，一遍遍地洗刷着哥哥身上的污浊之气。

姐姐遭遇情感变故后，把自己困在屋子里，拉紧窗帘，整天不出来。母亲担心姐姐闷坏了身子，变着法儿地想让姐姐走出忧郁的囚笼。

母亲为姐姐做了很多好吃的，我去喊姐姐吃饭，却是千呼万唤不出来。母亲实在逼急了，闯进姐姐的屋子，一把扯开窗帘，月光被抖落一地。

满地都是撕碎的纸片，母亲知道那是负心人曾经写给姐姐的誓言。母亲把它们扫起来，扔进垃圾桶。

“你还这么小，难免会遇到不好的人。这有啥，以后的路长着呢，难不成你就把自己困在这黑屋子里，一辈子不出去了吗？”母亲轻语安慰，“丫头，你看，那月亮还有缺有圆呢，何况是人。以后你就知道了，你这点儿小事儿啊，咋说呢，喏，看见窗外炉子上那大锅菜了吧，它就像那大锅菜里的一头大瓣儿蒜，菜都算不上，就是借点儿味。”

许是母亲的比喻生动，姐姐竟挤了一个笑窝窝出来，继而号啕，母亲把她拥在怀里，“哭吧，哭出来就好了。咱不能闷着，你看月亮多好看，你怎么舍得不去瞅上两眼呢！”

姐姐心里的缺口，慢慢地就被那月亮的银辉注得满满的了。

几天后的一个夜晚，要去医院给父亲送吃的，很远的路，我和母亲走走停停。

歇脚的当口，我看见母亲对着夜空轻叹了一口气，仿佛是在对上苍许着愿望，又仿佛是在向无边的黑夜倾诉着憋闷和委屈。眼角似乎有亮晶晶的东西在闪，母亲毕竟是女人，太多的事让她有些难以承受，可是她坚忍着不让泪水落下。

乌云一层一层压过来，有些让人窒息，母亲也一直沉默着，让人不免担心一个闪电会不会将我们引爆。我想牵个话头出来，可是张开的嘴却被一阵风塞住。

忽然间，天上的乌云裂开一个缝隙，月亮像获得自由的鸟儿，“嗖”一下窜出来！一绺一绺的月光像一把把利剑，霎时间割开夜妖的黑色袍子。母亲终于露出一丝笑容，“‘黑蘑菇’总有散开的时候。”并催促我说：“快，咱就一直跟着月亮走。”

人生是由各种烦恼的碎片组合而成，每个人的一生都是不断拼接的过程。人生中那些艰难之事，于我早已不再新鲜，每每历经苦之风暴来袭，我都不会选择躲闪，而是勇敢地扎进去。我记住了母亲的那句话，也相信乌云总有散开的时候，月亮出现，一切就都有了转机和希望。

跟着月亮走吧。

这些年，不知是有意还是巧合，母亲总是喜欢在月亮地里对我们进行说教，母亲的“月光疗法”对我们健康成长起到了至关重要的作用。殊不知，母亲才是最温暖、最贴心的那缕月光，我们一生都栖息在她的光华里。

母亲用强大的母爱叮嘱我，一切烦忧都不必过于介怀，跟着月亮走吧，自会走到柳暗花明处，自会走到鸟语花香间。

暂　　停

早上下楼扔垃圾的时候，院子里平地飞起一只喜鹊，飞到梧桐树枝头，继而又飞向楼顶，然后是另一个楼顶，转了一圈之后，重新栖落于枝头。隔着交错纵横的树枝，我才能比较长久地观察它，再不能找一个更接近更没有遮挡的角度，否则，它还会再次离开。

都说喜鹊是喜庆之鸟，我在把它往最高处赶，因为那样，见到它的人就会更多，得到幸福的人也会更多。

而此刻，喜鹊停下来，认真地梳理它的羽毛，我也停下来，静静地看着它，把吉祥铺在半空。

我获得了心灵的安宁，这多好！哪怕只有片刻，对于一颗疲惫的心来说，也是一种滋养。为什么不能安静呢？为什么非要手忙脚乱呢？为什么非要把生活弄成一锅糊涂粥呢？

除了被从山岗那头匆忙穿过的火车抛下过，我们还曾被什么远远地丢在脑后呢？消失的云朵，奔跑的马，黄昏里心心念念的上一个清晨，终于杳无音信的某人，甚至是过去马不停蹄的整整一年。

我们总是一副奔忙的模样，每日里都路过城市中最繁华的一条街道，每一道路口都通向四方，都预示着下一步存在着改变方向的可能，这些延伸再延伸不知会到哪里的路口，本可以停一停，本可以有一些道别或是相逢，只是太过拥挤，太多的人迎面而来，擦肩而去，他们都好似被追赶着，人人似乎都在对自己说，快些，再快些。

究竟是什么在驱赶？

汪曾祺写《昆明的雨》时，因为避雨，65岁的老先生和朋友走进小酒店，要了一碟猪头肉，半斤白酒，由此观察到酒店院子里："一棵木香，爬在架上，把院子遮得严严的。密匝匝的细碎的绿叶，数不清的半开的白花和饱胀的花骨朵，都被雨水淋得湿透了。我们走不了，就这样一直坐到午后。"

这是多么惬意的暂停，老先生如获至宝，心灵在那一刻，轻盈如羽。

然而，我们大多数人就像逐日的夸父，每天都在拼命奔跑，却忘记了脚下的路就如同小白鼠的笼子一样，是个圈。既然是一个圈，又何必紧赶慢赶呢？

这么多年，每个人似乎都在铆着劲征战杀伐，奔赴哪里算哪里，然而最后的愿望，只是得到一座花园，修枝剪叶，草木皆情。

人生需要按一下暂停键，以提醒我们，那些多的美好，正在流逝。停下来，遇到一片云，那里有可以追溯的童年，有亲人的脸；停下来，遇到一个心仪的人，在咖啡的一朵香里，种一行诗歌。

一件事，并非急着去完成，一条路，无须多么迫切地走到头，沿途的风景刚刚好，你可以稍做停留，让花香染袖，让鸟语落肩。

世上没有生锈的影子

世上没有生锈的影子，影子在移动，一丝风，也可以让它欢呼雀跃。

小时候体质弱，三天两头的发烧感冒。父亲鼓励我多运动，可是惰性牢牢拴住我。母亲宠溺我，不到最后一刻不喊我起床，父亲埋怨母亲，说我再不活动活动都生锈了！我用被子蒙着头，充耳不闻。父亲以身作则，每天早起晨跑，而我终归还是舍不得热乎乎的被窝，对父亲的率先垂范视而不见。

终于有一天，好脾气的父亲狠下心来，硬是把我拉起来陪他去跑步。我睡眼惺忪地跟着他慢慢地跑，满心的不情愿。这时候，太阳从天边慢慢地蹭出来，那一幕让我惊呆了，这是一轮多么新鲜而饱满的太阳啊，它是刚刚出锅的冒着热气儿的汤圆；它是沾着芝麻粒儿的麻团；它是淌着汁液的荷包蛋……它是人类共有的早餐！

我在为自己错过了很多次这样的早餐而后悔，不然，我该多么健壮！

我跟在父亲身后，气喘吁吁，脚像灌铅了一样，举步维艰。父亲鼓励我咬牙再坚持一会儿，他说，“只要你跑起来，你的影子就不会生锈。”

去盘锦参加《思维与智慧》杂志社的笔会，认识了一位传奇人物——渤海艺术研究院院长王绍斌先生。这是一首曲折的诗，人生意气风发的时候，因为特殊原因被判入狱 13 年。在狱中，他开始写文章，一共发表了近千篇文章，这些发表的文章为他获得了 3 年的减刑，出狱后，他并没有太多的自怨自艾，他说，人总要为自己的过失负责，既然出错了，就要为这错误付出代价。失之东隅收之桑榆，虽然失去了那么多年的自由，可是却让他的灵魂得到了淬炼，让心灵得到宁静，这何尝不是另一种意义上的收获呢!

他凝视着自己的深渊，那深渊也凝视着他，他却并未掉进那深渊，而是在深渊的边缘，游刃有余地穿行。这是一颗怎样抗击打的灵魂！他坚信，命运在他人生的上半场和他开了一个天大的玩笑，也一定会在他人生的下半场还给他一个幸福的圆满!

绍斌先生说，虽然失去了自由，但那些年，他始终让自己的心灵坚持奔跑，而不是待在阴影里。

如果你跑起来，你的影子就不会生锈。

如果你惧怕风，就跑到风的前面去，在它的额头上刻满你的脚印；如果你惧怕黑，就插进黑的内里去，在它的心脏里磨炼一颗灵魂的夜明珠。

唯有高贵灵魂的触须才够得到星光

一颗怎样的灵魂才算是高贵的呢?

我想，充盈着爱、有满满的正能量、坚持真理等等，都可以归为此类。

当孔子与随行的弟子被困在一个草庐之中，无衣无食，可他仍然不忘宣扬他伟大的学说。他深信“德不孤，必有邻”，尽管他周游列国宣传儒学仁爱未被理解，但他那颗高于尘世的心铸就了他高贵的灵魂。

因为与皇帝的见解不同，司马迁两遭极刑，但他仍不低下他高贵的头颅。一部《史记》，终于令他高贵的灵魂赢下了这场精神的论辩!

人道主义者史怀哲于1913年前往非洲，在蛮荒丛林中行医达50余年。在非洲的第一年，史怀哲面对的人类苦难和内心的煎熬几乎令他退却。那么多的饥饿、疾病、瘟疫；那么多自然与人为的灾难，包括干旱、战争、奴役和死亡。在史怀哲的眼中，整个非洲大陆几乎看不见一丝光明，令他十分颓丧于人类苦难的无穷无尽，和个人力量的微不足道。

他在回忆起那段时光时说：“我们常常会因为自己所能做的是那么少而感到沮丧，然而我试着控制这种感觉，心中只想着当时医治的那个病人。我训练自己想着要医好他，然后我才能继续医治下一个，我觉得这样总比牵挂着非洲所有的病人有效。有时候，为了保持理智，你必须实际点。”

有一天下午，史怀哲医生心情非常沉闷，于是就到医院外面附近空旷的原野上散步。这是他化解胸中烦闷的一人有效的途径。就在夕阳穿过树叶洒下一地金色光影的时候，他看到两个黑人小孩在一块玩，他们在阳光下跳舞、嬉戏，全然不知这世界上还有那么多的悲苦与不幸，全然不知饥饿和痛苦就在他们身旁游荡，随时会吞噬他们。见孩子玩得那么开心，史怀哲的心被常常地震动了。原来人的心灵在任何时候都是可以自由和幸福的，就像这两个黑人小孩，周遭围绕着那么多不幸，他们却能在夕阳下面尽情开怀！这情景仿佛是一个从天而降的昭示，使这位忧心忡忡的医生一下子平静下来了。

从此以后，史怀哲把那个黄昏的记忆藏在心中，每当感到沮丧时，便会想想那时刻的喜悦，这使他全身舒畅，能够继续向前走去。他也坚信，面对马上到来的黑暗，他和孩子们也会情不自禁地去数着星星。落日并未带给他们悲观，夜晚也不会让他们绝望。

悲天悯人者的灵魂，是高贵的。而那些没有被污染的纯净的心，也一样高贵。

不为五斗米折腰的陶渊明，不吝惜去留，不顾短褐穿结，不惮箪瓢屡空，只想存留下天地间独一无二的灵魂。这样的灵魂，闻得到花香。

布鲁诺说，灵魂的美胜过身体的美。当他被烧死的时候，他所坚持的真理，正在把他的灵魂高高托起，这样的灵魂，够得到星光。

一个人，没有足够的金钱，如果也没有高贵的灵魂，那么，他就有可能沦落为乞丐或小偷。一个人，没有足够的金钱，如果他有一颗高贵的灵魂，那么，他会成为一个受人尊敬的普通劳动者，一个虽然贫困但依然可以把日子过得活色生香的最平凡的也是最美丽的人。

有些人，一生只为欲望驱使，日日奔波在追名逐利的路上，忘了灵魂也是需要滋养的，其结果是灵魂日益萎缩和空虚，只剩下了一个在世界上忙碌不停的躯体。没有一颗高贵灵魂的人，有再多的艳遇，也没有能力真正爱一回，交再多的哥们，也体味不了友谊的纯正，获取再多的名声，也不知什么是光荣。他们养尊处优，他们高高在上，可是他们却够不到星光。

夜风里的马灯

风将所有窗户都关了起来，我担心的夜，终于还是来了。风像一只忠诚可靠的黑狗，伸长舌头，热情地舔抚我内心的荒凉。

它穿过灌木丛向我吹来，抖落两颗星星；它穿过坟场向我吹来，它甚至想把那些枯骨从梦里吹醒。那些枯骨里，有一根是祖母的。

祖母的离去让我的心头一片灰暗，如同风，抽走我的灯芯。

我在那个夜里放声大哭，哭声被风拉得很长很长，好像在丈量，这个世界忧伤的边界。

父亲是个基督徒，对祖母的离去看得淡然，他把一切都归结于上帝，人的出生是耶和华的旨意，人的离去是耶稣的召唤。

我对父亲眼角没有流出一滴泪而有些困惑，那离去的可是他的母亲啊，如此重要的一个人就那么去了，可是他的脸上却看不出一点悲伤的神情，如此“铁石心肠”，怎能不让人费解。

他只管祷告，他说，他在用祷告为祖母送行。

我不懂，只是任性地问，如果有一天，我出了意外，你是不是也会这般，没有一滴泪为我送行。

他愣怔了一下，继而拍着我的脑袋，“傻孩子，净胡说，永远永远永远不会有这种事情发生的。”

他一连气用了三个“永远”，用毅然决绝的否定表达着他执拗的父爱，为此，我略表心安。

他一遍一遍地擦拭着祖母的遗像，那一刻，我理解了他。作为一个要承担全部生活重担的男人来说，他只能隐忍他的泪水。

他孜孜不倦地为我描绘他心中的上帝：

“天上的飞机飞得那么高，但里面的驾驶员你见过吗？自来水呼呼往外冒，大晚上的屋里可以亮堂堂，这都是电的功劳，可是，电，你见过吗？轮船在海里飘着，大风大浪也不翻，那开船的你站远处看见过吗……”

我承认，作为一个相当于中级知识分子的车工，父亲的排比句用得虎虎生风，铿锵有力。

我默默不答。

“既然飞机能飞，水能抽上来，灯能亮，轮船不翻，都是因为有个看不见的力量在掌控，那么日升月沉，寒暑易节，花开花谢，这么奇妙的世界能有秩序地存在着，能没有一个伟大的力量在掌控吗？”

父亲说，这个看不见的力量，就是上帝。

这信仰就成了父亲心中的火，我似乎找到了他总是不惧怕黑暗和寒冷的原因，也找到了他总是可以化解悲伤的良方。

而我永远不会把他的信仰装到心里，无论他如何苦口婆心。我的信仰是父亲，一直都是。

父亲。爬上高高的山，采回山药，为我疗伤；爬上高高的树，摘下果子，为我润喉。而我只会爬上他高高的左肩，够他同样高的右肩。

而我只会爬上他的眼角和额头，作为忧愁或者快乐的隐喻，存留在那里，盖上岁月的印章。

父亲的拐杖高了。其实啊，是父亲的光阴旧了，是父亲矮了。此刻，我想爬上高高的云端，裁下一块手帕，掸他仆仆风尘。

我一度胆子很小，怕走夜路。父亲对我说，一个男子汉要有勇气面对黑夜，要把黑夜作为成长的一个检验。父亲提了一盏马灯出来，对我说，“有它咱啥都不怕，走吧！”

我看见那马灯，把火明明白白装在心里，就像父亲把他的信仰，明明白白装进心里一样。

有了这底气十足的马灯，我敢于去走任何崎岖坎坷的夜路。任何大风，也难以把它吹灭。

我低头前行，义无反顾，黑夜只是我众多疾苦中并不显眼的标签，我不惧怕它，就像口吃者不再惧怕一段绕口令，就像五音不全的人，不再惧怕麦克风。

初到这个偌大的城市，就像懵懂的少年，在街边的墙角，被一块丢弃的口香糖粘住了脚，少年的心不明白，这么甜蜜的东西为什么会被人扔掉。这个世界着了魔一般，光怪陆离，我才知道，城里的夜灯火通明，却比乡下黑魆魆的夜更可怕。我探测不出近在咫尺的另一颗心的深度。

我所求无多，属于我的角落不用太大，20 平方米足矣，在偌大的城市，那是巴掌大的一块地皮，像一张过期的并无收藏价值的邮票，却可以承载我心中的热爱。

父亲递过来他的“马灯”——他的祷告。他说，“上帝看着呢！甭管别人怎么晦暗，自己一定得亮起来！”

你看，他总能帮我拨开云雾，让我得见心中日月，朗朗乾坤。就像我不再惧怕黑夜，甚至开始喜欢，常常把自己的身子探进黑暗里，如同一头扎进泥塘的野猪，发出欢喜的“哼哼”。

有时候，我真的只需要一盏马灯，照我自己的房前屋后。我在明明白白的心里，装上火，我就是马灯，是父亲从最深的黑夜里传递过来的马灯。

他的祷告是风，会吹平祖母额头的褶皱；他的祷告是风，会吹走祖母眼底的尘灰；他的祷告是风，从来都没有停止过努力去吹亮我的每一个夜晚。

兄弟是彼此的饭

很多人都知道父亲和段叔是拜了把子的兄弟，可也是不折不扣的“死对头”。从小两个人就东西院住着，遇到一起就掐架，谁也不肯让着谁。还有人传说父亲和段叔以前为了一个女同学打得头破血流，段叔没打过父亲，所以离开了家乡，可是谁也不明白，赢了的父亲为啥也没娶那个女同学。父亲后来和母亲结婚生下我们一大帮，忙忙碌碌的为了日子奔波着，段叔却一个人孤单单的南征北战，走了许多地方。父亲偶尔讲起小时候就会忽然骂一声“一根筋的倔驴”，父亲骂这句话的时候我们都知道，那是他小时候和段叔打架的时候经常骂段叔的一句话，我们印象里的段叔简直就是父亲的影子，倔强、耿直，不会说一句好听的话。

去年，漂泊了大半辈子也没成个家的段叔回来了，什么都没带回来，只带回来一副得了绝症的身躯。这个消息在他回来的当天晚上，我们就在父亲絮絮叨叨的电话里听说了。父亲没多说段叔，就是和我说着母亲的病情的时候，忽然冒出一句，“你段叔回来了，还住在咱们家东院。”

早上母亲忽然打电话控诉父亲的“罪行”，原来父亲把我买给母亲的东西偷出去送给了段叔。被母亲抓了现形，父亲梗着脖子跟母亲吵，

“你得了病你有一大帮孩子管你，可他得病了，一个人都没有。”母亲被父亲的阵势吓住，那之后不再管父亲，父亲索性开始光明正大地拿东西给段叔。今天一盘饺子，明天一块哈密瓜。母亲说懒了一辈子的父亲变勤快了，每天都是天没亮就爬起来出去溜达一圈。后来问父亲，父亲说，他天天早上去看段叔死没死，他怕段叔死在屋子里没人管。

段叔死的那天，父亲是半夜爬起来的，他说做了一个噩梦，梦见段叔喊他，说要死了。父亲急急忙忙穿衣服，母亲追问他也不说啥，就大半夜里跑去看段叔，段叔好歹是带着笑容走的，因为死的时候有个人在身边，总算没有孤零零地走。

我们是很久之后才听母亲讲段叔和父亲的事儿，段叔和父亲都爱上了同一个女同学，开始的时候较着劲儿地对那女同学好，有一天两个人约了地方说是摔一跤，谁输了谁滚远点儿。段叔输了，第二天早上真的滚远了，居然一走就是几十年也没个音信。开始的时候父亲觉得他过几天就回来了，可是时间越来越长，也没有段叔的信儿，有人说段叔找地方自杀去了。父亲就开始后悔，对那女同学说，不能做对不起段叔的事儿。然后托人说亲，娶了母亲，结果段叔也没回来。母亲说父亲这一辈子都在等段叔回来，结果他回来了，却要死了。父亲天天去看段叔，骂他“一根筋的倔驴”，段叔也不回嘴了，只是憨憨地苦笑。

段叔死了，没人和父亲掐架了，父亲也孤单。俩人在一起，哪怕是掐架也好啊。

最近父亲总说吃饭没滋味，“怎么就没有和老段在一起的时候吃的饭好吃呢？那时候吃东西狼吞虎咽的，香得很呢！”

“那是饿的，做点儿吃的，俩饭桶抢着吃，能不觉得香吗？”母亲揶揄他，父亲不置可否。

父亲心里清楚，有菜共享，有酒同喝，兄弟在一起，哪怕吃糠咽菜，也是香的。因为兄弟是彼此的饭！

遍地丛生的碎屑

我有一个抽屉，装满了来自于生活的疼痛的碎片。

第一次和爱人看电影时的电影票。为她擦过眼泪的一块手帕。爱情转身的时候，我最后一次送她离去的站台票。

被撕碎的结婚照片。被摔碎的半块镜子。被诅咒过的一个陌生男人的来信。一枚占卜过我的命运的硬币。一张表情麻木的下岗通知。

一些朋友的信。一些嘘寒问暖，一些善意的忠告和安慰，一些委婉的拒绝。

女儿的成绩单。各种各样的获奖证书。她偷偷为我买回来的胃药和嘱咐我按时吃药的留言……

我的抽屉。一生的积蓄。我支离破碎的生命。岁月的补丁。时间的残章断句。

抽屉没有锁，锁不住那些誓言的鸽子。只能锁住一些疼痛的碎片，一些被肢解了的幸福。

在老家的立交桥上，每年七月十五的夜里，都会有那些化为灰烬的碎屑在风中飘荡。我看到一对老人在桥的最高处放一盏灯，然后相互搀扶着伫立在那里，一动不动，任凭夜风吹乱他们的白发。

他们在怀念女儿。

他们的女儿是从桥的最高处纵身跃下的，被火车撞得支离破碎。

有人看见她跳下去的时候无所畏惧，脸上甚至带着快乐的表情。或许是为自己终于得到的解脱吧，在一场无望的满是煎熬的爱情里。

爱情在她那里变成了毒药，得到和失去，都令她粉身碎骨。

只是，那一跃过于决绝。破碎的不仅仅是她的生命，还有亲人的心。

一个人的一生就是不断地把自己拆离，要分好几块给不同的人，所以，人往往是千疮百孔的。总有一些遥不可及的梦想，总有一些怅然若失的疼痛。在我们生命的底页上，铺满了忧伤的碎片。大量职工下岗，操起卖小吃，擦皮鞋，收购酒瓶子的营生；昔日的车间主任到私营小厂当起更夫；惨淡经营的商人积累起来的家业，在一次失误的扩张计划中血本无归；拼了半生的命，挣到了足够的钱，忽然感觉身体不适，到医院检查，发现是绝症，并已到晚期；千阻万挡，为儿女们那些盲目的爱情设置了重重关卡，却依然被儿女们一个个攻破，最后只能用慈爱的手掌不停地摩挲着他们的头，听他们流着泪，讲他们流了血的心……

人生下来就伴着哭声，注定要经历疼痛的碎片。那些碎片，让生命变得无比厚重。

每天都要撕下一张日历，提醒我们过去的日子不在了，成为碎片飘远了。每个人的最后，也终将成为碎片。自己的碎片，别人记忆里的碎片，历史的碎片。就这样，所有的早晨都是撕掉昨天换来的，所有的黄昏都是夕阳悲壮地撞破额头送走的，无数疼痛的碎片填充了人的一生，无数悲伤的碎片璀璨了生命的夜空。

但你不能停歇，你的双肩担着生命的重任，你卸不掉爱你的那些期待的眼神，卸不掉疼你的那些忐忑的心。生命要继续，双脚依然要行走，心灵依然要向着梦想艰难跋涉。

把那些碎片垫在脚下，会铺出一条朝圣的路；把那些碎片挂在胸前，会串成一串祈祷的佛珠。

我把所有疼痛的碎片都装进抽屉，我的抽屉就是一部完整的童话。我为小小的女儿珍藏着这些宝藏。小小的女儿，什么时候读懂了这些疼痛的碎片，什么时候就开始长大。

七月十五再次回到老家的时候，我依然在夜里看到了那些燃烧的纸屑。那个立交桥，成了那一对老人的断肠地。他们在用自己破碎的心，去怀念另一颗破碎的心。那时，我正骑着车子从桥上经过。桥的坡度很大，骑车爬坡时会把人累得气喘吁吁。但是，在看到朋友立文驮着未婚妻疯狂爬坡的时候，我忽然理解了那个带着微笑跳下桥去的女人，理解了那颗破碎的心。在朋友竖起的头发里，我又一次感受到了爱情的魔力，因为骑着空车的我，使出了吃奶的劲儿也无法追赶上他。

有时候，人生就像拼图游戏，每一小块图片都不会重复，你必须一块一块不怕麻烦地拼起来，最后才能看到整幅风景。这就是生活吧。它总是不断地，把那些美好的东西打碎。然后又不断地，把打碎的碎片重新组合起来。

当生活粘住你的时候

21岁的那个夏天，我一个人去澎湖旅游。为了体验一下渔民的生活，我在那个傍晚跟随一户渔民到海里去捕鱼，那一次我们是去捉小鱿鱼，捉小鱿鱼要用一个网，中间放一个灯叫作“聚鱼灯”，放下去后小鱿鱼就会游来；每撒一次网大概要五十分钟的时间，撒去后就等着小鱿鱼游进网里。等了很久，等得我快睡着了的时候，时间到了，当我们把网拉上来一看，差点昏倒，那里面只有三只小鱿鱼。等了五十分钟怎么才捉到三只小鱿鱼？渔民的生活真是太辛苦了！当时我心里就觉得很难过，可是那个渔民却开心地说：“哇！这三只配烧酒刚刚好。”他的太太也热情地应和着，“待会我给你们烤着吃，尝尝鲜。”

又下了一次网，五十分钟以后再捞上来，一看，五只，那个晚上撒了无数次的网，渔民、他的太太和我三个人工作了一个晚上，捉到的小鱿鱼却屈指可数。这样辛苦的生活让我很是感慨！可是那个渔民安慰我说：“不是每天都这样子的，因为每一次下网，你都不能知道网拉上来时会有多少只小鱿鱼。”他也曾经有下一次网就捞起五百多斤小鱿鱼的记录，啊！这个时候就是丰收。

他说，他在捕鱼的时候遇到过很多风浪，最惨的一次，风浪把他的渔船打翻，毁了他半辈子营生的家什，可是生活还得继续，一切又要重新开始，他能做的，就是节衣缩食，再做一条渔船，接着去打鱼。

我和那位善良好客的渔民喝着小烧酒，那位太太为我们烤着小鱿鱼。借着酒劲，渔民扯开嗓子，竟然唱起了日本的《拉网小调》，那样子很是滑稽，却也显得很是真诚。

看着他们日子虽然过得凄苦，但夫妻俩相敬如宾，倒也算其乐融融。太太的性格似乎很好，毫无怨言地跟着他守着清贫的日子。我问起他们的孩子在哪里？他们骄傲地说在大城市里念着大学，也正因为如此，他们相信好日子马上就要来到了。

那一夜，我们聊得兴起。当问起他最初的梦想时，他的回答着实令我吃惊不小。“画家”，他说，“我的梦想是当个画家。”

这简直是天壤之别，渔民和画家，这怎么靠得上边儿呢？

“我没别的本事，可我得养家糊口，还得供孩子上大学。”他说，“有时候生活就是这样，它粘上你的时候，你所有的梦想就只能被抛下了。”

是啊，当乱无头绪的生活粘上了你，梦想就只有靠边站的份儿了。

雷蒙德·卡佛写过一篇小说，《所有的东西都粘在了他身上》，我特别喜欢。文中写了一对年轻夫妇，他想去钓鱼，夜里孩子病了。两个人拌了嘴，他留下，和好。这是很久以前的事了……因为故事的叙述者是一个老人，当年的孩子长成了一个时髦苗条的姑娘。回忆似乎是平静而温情的，但卡佛对生活有严重的焦虑感：再没有自由了，当有了女人，又有孩子，所有的东西都粘上来……但他又不能抛弃生活本身。那就做一个生活的失败者吧。“事情在变，”他说。“我不知道它们是怎么变的。但总是在不知不觉中，也不按照你的愿望来变。”

每个人的生活都会经历一些风云莫测的变故，变故终会使人成熟。我们的生平若是一只瓷碗，变故就是那一个个缺口。若一只碗曾经恬静于自己的完满，打下几个口子之后，这瓷碗也不得不失衡于残缺处的遗憾。遗憾之余，碗依旧是碗，照例要盛装日月山河，朗朗乾坤。

我再没去过澎湖，也不知道那对渔民夫妇现在过得怎么样了？但有一点让我坚信，那就是再苦的生活也不会将他们击倒，乐观是他们保持健康的良药。

还没来得及起飞，生活就已经变成了各种东西，牢牢地粘在你身上，让你动弹不得，只能像一个被翻过身来戏弄的甲虫一样慌张地动弹着六条腿……等你好不容易翻过来，下一次戏弄又莫名其妙地来到。

但这就是生活，正如雷蒙德·卡佛和我见到的那对渔民夫妇，再糟糕，你也不能将它抛弃。

让生活粘上来吧！

下午四点的阳光

北方的冬天，每一天都很脆很短，像掐头去尾的芹菜，在闪亮的瓷盘里晶莹欲滴，尽展妖娆。

下午四点的阳光，依然很刺眼。很多事物被镀上金辉，多了些思索的味道。

必须交代的背景是，北方的，冬天的，下午四点的阳光。三个定语如同三顶帽子，扣在太阳的头上，却依然无法掩盖那灿烂的光华。

下午四点的阳光，像一个巨人被捆缚了手脚，他使出浑身解数，他憋红了脸，在天边挣扎。

他在妄图挣脱某种命运吗？

他无法阻止黄昏的来临。下午四点的阳光，在向我呼救。不，是向每一个凝视它的人呼救。

在北方的冬天，下午四点便是黄昏。是一天的天涯。

在这个天涯，我哀伤遍地。我既怜悯庸人的浑浑噩噩，老守田园，又慨叹雅者的曲高和寡，知音难寻。

生意上的失败，情感上的挫折，使我在这个冬天感到格外寒冷，灵魂里冒着丝丝凉气。我总想伸出手去，想抓到某些温暖的事物，烤烤手、暖暖心。于是，我看到他们了。冬天里最灿烂的颜色，一簇最旺盛的火，那些扭着秧歌的花枝招展的老人们。

他们舞蹈着，把寒冷甩开。那些热爱生命的老人，让我在这个冬天格外温暖。每天，我都会隔着窗子看到他们，每一次，他们扭完秧歌，都会结伴拿起扫帚，打扫小区的各个角落。他们中有很多腿脚都不灵便了，干活的时候显得有些吃力，但他们笑语盈盈，充满活力。他们总是说，到处干干净净的多好。

这些朴素的心灵，在我的心头洒下阳光。我想或许我没有幸福，但我至少会成为一些流通的货币，在幸福的人手中传递。那些幸福，如此迅疾地传遍全身，输满记忆的血管。就想起韩剧里金三顺说过的话：生活就该这样啊，认真地吃饭、睡觉，认真地恋爱、幸福，认真地悲伤、释然。

那个夜里下雪了，第二天清晨，我走在小区干干净净的街道上，看到了老人们堆的几个大大的雪人！生命多么美好，哪怕在这只有黑白两种颜色的天地，哪怕在这冷却了所有翅膀的冬天。在我清亮亮的心里，这些雪人永远不会融化，哪怕是到了春暖花开的时节。

我昂首走过了那个艰难的冬天。我不再哀伤地望着下午四点的夕阳，我知道，每个生命都有自己的轨迹，不论是喷薄而出的年少，还是如日中天的青春，最后都将急急地奔赴晚年，夕阳西下，做一片缓缓落下的叶子。

缓缓落下的叶子，也可以随着风儿舞蹈。就像眼前的这些老人，有些笨拙地扭着秧歌，但却那样认真，一丝不苟，里里外外透着生命的不竭气息。

下午四点的阳光，终于安歇，不再挣扎。因为它知道，每一天都是一个生命的演练，就连夜晚的睡眠也不过是死亡的预演。轰轰烈烈也好，安安静静也罢，终要仔细地去度过这分分秒秒。

这滚烫的落日像一只即将熄灭的烟斗，在熄灭之前还要被世人狠狠地吸上几口，留到夜里提神醒脑。当他平心静气地熄灭自己，便不再令人感到悲伤。

那些老人让我懂得，如果你热爱生命，你的黄昏便和清晨一样光鲜，你的生命就没有天涯。

日子短了，不自觉地就懂得珍惜时间了。在变短的日子里学会了精打细算，日子反倒精致了许多。

日子短了，我们还会把它抻开。

人生短了，我们却可以将自己的背影拉得很长。

我听到了叶子的尖叫

没有一丝风，没有。而我却听到了叶子的尖叫。

那尖叫里带着对生命的谐谑，带着对往事的深深眷念。那尖叫被一只慢慢蠕动的小虫驮着，缓慢爬行。那尖叫随着阳光下的一滴露水，被慢慢蒸发。

我似乎看到它探着小脑袋，好奇地张望着这个世界，每一寸阳光都令它欢欣鼓舞，每一丝风都令它手舞足蹈。尖叫的，还有与它对应着的一双好奇的眼睛。那双眼睛始终在探寻，包括叶子的每一个纹路，似乎要循着这个痕迹窥探到它的前世呢！

那尖叫里也有无奈，因为那些无法抵挡的灰尘。

但灰尘是不可避免的。灰尘是日子的润滑剂，让生活不停地向前滚动。

叶子，那么安然地镶嵌在我的玻璃框里，与我互相守望，它也有睡意蒙眬的时刻呢，除了尖叫，我一样听得到它微微响起的鼾声。

每每看到树，我总是习惯去抱抱它，闻闻它的叶子。还记得少年的自己做过这样的一个梦：拥有一家只在夏天开放的超市，24 小时营业，而且一定是在大树旁，因为喜欢超市在巨大树木旁的气息。坐在二楼的厅堂里，裸着足，透过亮净的窗玻璃，望着窗旁摇曳的树叶，心里定是十分安谧的。

对叶子的感情，怕是从这个梦开始的吧。

小时候，你也喜欢用叶子做书签吧。在叶子上面写一些美丽而年轻的句子，写一些对某个人朦胧的爱意，像梅花鹿的蹄子一样，迈着年轻时代的小碎步，把一份若隐若现的情思透露给叶子。

坚信了叶子的守口如瓶，不会泄露你的半点幽怨。只是，当它已成残骸，在你的书页间渐渐失去体温的时候，你感觉到它的微凉了吗？

许多年以后，你和那喜欢的人再度相遇，人世沧桑，各自都已变化太多。你把书页里那些风干的叶子拿给那个人看，你说，“看，曾经有一场暗恋美丽了这枚叶子。”她黯然，“一颗心为什么要等到现在才打开？”

是啊，为什么要等到现在才打开？不得不承认，在叶子面前，我是一个胆怯如鼠、微渺如蚁的人。不光是感情，在面临令人措手不及的无常人世时，我常常会逃走，留下一克拉的恐惧。

还好，夜是我的，它可以为我疗好白天受到的伤害。在氤氲的灯光下，在酒精的环抱里，尽情挥霍着所剩无几的青春。我可以无比炫耀地说，在夜里，我是一个如鱼得水的精灵。但是，当那个早晨温柔的阳光将我摇醒的时候，我看到了阳台上那盆水仙的叶子，一滴酣睡的露水也正在慢慢醒来，顺着叶子的尾翼向下滑去。我被这无比生动的场景感染着，第一次感觉到，无数个妖娆的午夜和余香未尽的凌晨，都抵不过这一个优雅的早上。

多久了，只感到被生活推着向前走，没有力量后退，更无法重来。

兴奋还未褪去，心已经空荡。Party、应酬，生旦净末、嬉笑怒骂，人前流露豪爽的性情，站在空空的屋子里时，却只影孑然。指尖的烟，明明灭灭，一圈一圈，皆为寂寞。

忽然，有了一种危机感，感觉到时光的残酷，它已经不知不觉地把你赶到了青春的边沿。觉得自己越来越像一片空中飘落的枯叶，无奈，苍凉，却努力以最优美的姿势飞落如蝶。但我亦深知，叶子最后的舞蹈里，不再有尖叫，换成了一种如释重负的欢畅的吟咏。

这一点，我当学叶子。

对时间变得模糊，对人情变得陌生，对世界变得虚无……一年一年，就这样随波逐流地过去了。有人，曾到过我的窗外，或者曾想要问我，为什么这样生活吗？

杂乱的风景来去匆匆，人，太寂寥，容易让一些无关的东西混进记忆。

每天从钢筋水泥的城市中穿过，偶尔也见到一些“大自然”的东西。比如花市里的花，离开温棚会很快地次弟死去；比如染上五颜六色毛茸茸的小鸡，被当做安全又廉价的孩子的玩具；比如空中那巨大但呆滞的鸟儿，其实那只是风筝……

真实的，亲切的，怕是只有这在早晨尖叫的叶子了。

人，很多时候做不到如叶子般洒脱。绿的时候，恣意妖娆地登场，黄的时候，了无牵挂地谢幕，绝无半点黯然销魂之意。

我当努力使自己成为那样一片叶子。

没有一丝风，没有。而我却听到了叶子的尖叫。

那些在冬天里发光的事物

冬天的一个早晨，天空飘洒着纷纷扬扬的雪花。一个父亲的菜摊车上坐着一个小男孩，孩子用给菜保温的被子围着，父亲不时用手给儿子掖掖被子。孩子和那些蔬菜们在一个被子里，他在悄悄地成长，他听着父亲在寒风中颤抖着的吆喝声。那一声紧似一声的吆喝，在这个冬天凝固。

雪压着父亲，令他双肩疼痛，但他依然没有停止吆喝。那一刻，我仿佛听到了他对孩子说：孩子，你要记住，生活，不会总是冬天。

这是我看到的一幅活生生的摄影作品，在阴暗的背景和漫天飞舞的雪花的衬托下，儿子稚嫩红润的小脸与父亲饱经沧桑的脸形成对比，父子俩面对生活的艰辛相依为命，特别是父亲使劲发出叫卖声时，脸部表情感人力度之大，使人看后心灵为之震颤。

一对生活在贫困山区的父子，他们也许一辈子都不知道外面的世界是什么样子。他们没上过楼梯，没打过“的士”，没进过电影院，甚至温暖的屋子、饱腹的饭对于他们来说都是奢侈，但即便这样，他们一样顽强地活着。因为他们坚信：雪终究会融化，花朵终究会醒来。不管今天下了多少雪，刮了多少风，明天都会是崭新的一天，阳光普照、鸟语花香。

他们的日子过得很苦，但他们心中有光。

三九天没有比去吃火锅更合适的了。周末，邀知己一二，去一家很小的火锅店。这家火锅店味道好，还不至于太过嘈杂，所以我常常光顾。店主是个不起眼的姑娘，站在一个不产生威胁的位置，腰肌发达，小腿腓肠肌茁壮，一副有担当的样子，挺胸昂头，就以为自己能照耀四方母仪天下了。她不会接绣球，别人眼睛瞟她再久，她也不懂别人啥意思，单纯得连性别都模糊。我和朋友开玩笑说，可以观察她的眨眼，略长地眨一次代表思考，快速眨动两三下代表同意，长时间不眨代表她心里有不同的想法。

算账的时候，我给朋友们做了示范——我说我今天忘记带钱了，下次一起结，行不？她快速眨动三下眼睛，点点头。朋友们乐不可支，我忙说逗你玩呢！她却一点都不恼，“谁还没个不方便的时候呢。”她说。接着继续嘻嘻哈哈地和顾客们打趣。

她身上有光，她的火锅店很明亮。

在一家仓买门口，挂着一块醒目的让环卫工人临时休息和取暖的牌子，上面用很大的字体写着：我知道你冷，进来暖暖吧；我知道你累，进来歇歇吧。不用担心，没有人会嫌弃一个父亲身上的尘灰，也没有人会嫌弃一个母亲脚上的脏雪。

我在这块写字的牌子上，看到了光。

多年前的一个冬天，我应一个义工朋友的邀请，前往参加他们为白血病儿童募捐而搞的一台晚会，会场设在一个很不起眼的办公楼里，楼下是一个夜总会。晚会现场就像大教室一样摆满了用旧的棕色软皮折叠椅，人很多，几位义工引导，倒也井然有序。晚会上演了一个关于白血病儿童故事的小品剧，业余演员们演得也很粗糙，可是当表演结束时，众人站立鼓掌欢呼，我竟然一下子泪湿了眼。

那原本是我一生最为糟糕的日子，但是站在这样一群大多数并不认识的人中，却有了一种被接纳、被包容的感觉。所有人与身边的人互相问好、握手，甚至拥抱，泪眼婆娑。

那一刻，我看到，那掌声里有光，那眼泪里有光，那里的椅子也有光，那里的一切，都在发光！

如何让一件事物充满光亮？

为它注入爱！就这么简单。而希望、信任、悲悯……都是爱的组成部分。

在这个寒冷的冬天，我们有义务，去做一个耀眼的发光体。

落日未凉，不必悲伤

每个人都有每个人的落日，悲观的人，把它当做死亡前的一次回光返照。就像德国电影《诱惑假期》里面，根特在临死前有一句遗言：当我们不再存在时，没人会再想念我们，甚至没有人会为我们流一滴眼泪。如果有人要纪念我们，那就快乐地纪念我们。因为，我们所做过的唯一正确的事情是，我们活过。

乐观的人把落日当做一杯咖啡，还冒着热气儿，喝下它，会提神醒脑。有什么可担心的，人间有多少病，地上就有多少草药，只要你肯去寻找。

有些人的落日镶在身体上，比如老去的人。

志贺直哉的《老人》里有这样一段——

“隔着一个火钵，老人和女子对坐着，看着女的手背上有涡的柔软的手，就觉得自己那双皮包骨的干枯的手，再也不敢伸出来了。他伤心自己已没有气力拥抱女人的手臂，更伤心的是自己的心，却不肯跟别的老人一样地衰老。”

那个老人的落日尚有余温，所以伤心归伤心，却远没有到欲绝的地步。

祖母 80 岁的时候，竟然化了一次浓妆。很精心地描眉、涂唇，我们以为她要去扭秧歌儿，她说不，我只想再做一次漂亮的女人。

如果老去是种无奈，那么，老去的过程我们可以让它尽可能地优雅。

我看到祖母密集的皱纹里，分明铺陈着，一个沧桑女人的八千里路云和月。

朋友问过我一个问题，他说和一个大半生想见的人，去一个没有人认识的地方，摆脱一切羁绊，是否会找回原来的感觉?

我说，永远找不回了，因为心里已经没有多少空隙，心里需要惦念的人和事太多。

从前是白纸，是雪地。

所幸，我们年轻过。如今老去的我们，唯有借着落日的余温，把曾经再款款地邀上心坎，再醉一回。

落日未凉，暂且不必悲伤。

有些人的落日嵌进灵魂里，比如绝望的人。

一个见异思迁的丈夫，离婚后的某一天，在街头偶遇妻子。他看到妻子独自行走时，忽然被她安详的样子给震撼！他的震撼大概是源于她的平静，原来，没有他的陪伴她也一样可以怡然自得。他一直以为妻子是依附着他而活的，殊不知，当她活出自己的本色来，竟是那样的美丽。

他以为，离开他，就如同她绝望的落日，殊不知，她依然可以把落日优雅地画成朝阳。

几个月前收到一个读者的来信，他说他是在狱中服刑的犯人，今年刚刚 18 岁，是个单亲家庭的孩子，因为失手把别的同学打成了重伤，不得不用自己大好的青春时光来埋单。

他不知道和谁说话，他的世界仿佛随时就要天黑了一般，阳光正在慢慢散去。

然后在报刊上获悉了我的地址，然后就不管不顾地和我说他的心事。他说他喜欢我的文章，那里面漾着的暖，让他得以保留着一丝生的快乐。他把我当成了最后的稻草，他心灵上唯一可以依靠的一点光，落日前的那点灰烬，还散着余温。

我不知道我的文章还有这等功效，可以令一颗悬崖边上的心，回过神来。

我很快给他回了信，是因为我害怕他本来在边缘，如果不回信给他，他彻底掉下去，一辈子都爬不上来。我知道我不是天使，可是我愿意因为我那一点点的小善挽救一个人。

我告诉他，任何时候，都不要绝望。如果因错过日出而落泪，那么你看到的日落也是浑浊的。擦干眼泪，才能更清晰地去欣赏生命中剩余的彩虹。

他得到我的鼓励，仿佛得到了某种光亮，接二连三的来信，从信的内容上看，他的心态正一点点好起来。

一颗心终于如释重负。我在回信中对他说：

孩子，别怕，悔恨的泪水在洗刷岁月，可以让你以后的生命更干净。落日未凉，暂且不必过分悲伤。它并非消逝，而是在孕育明天。

分娩是痛苦的，但它可以为你带来一轮脱胎换骨的太阳！

与一只鸟共叙桑麻

一个晴天。在广场上，看到成群的鸽子绕着广场盘旋飞翔，一颗心也跟着轻盈了起来，拿了一些面包屑，像稻草人一样伸开双臂，等着它们落下来。

鸽子们习惯了这样的喂食习惯，只要有人张开双手，肯定就会有鸽子飞落，去啄食那手中的美味。

果然，鸽子们陆续地飞落下来，有一只竟然落到了我的肩头！我把手掌摊开，移到肩膀处，那乖巧的鸽子毫不犹豫地就啄食起来，它啄食的姿势真是可爱，每啄一下仿佛都是在向我点头致谢一般。它光滑的羽毛蹭着我的脸，我闻到了羽毛间阳光的味道。

我就那样忍受着阳光的暴晒，依然不愿走开。我只想让鸽子在我的肩头，多待上几秒钟。

一个雨天。我没有带伞，匆匆躲进一处屋檐下。因为雨下得实在太大，屋檐下不断飞来一只只麻雀。避雨的麻雀，显得不再那么害怕人，只顾在我的头顶，不停地用嘴巴梳弄着湿漉漉的羽毛。偶尔停下来，看我一眼，然后相互间叽叽喳喳，不知说些什么，大概是看我被浇得比它们还狼狈，引起了它们的集体嘲笑吧。我感谢这场大雨，让我和一只只麻雀如此接近，让我看见了它们湿淋淋的羽毛，看见了它们的战栗，也看见了它们眼中的寒冷。

它们是这个雨天送给我的礼物。

我不会伸出手去，我不动，保持一个雕像的姿势，则是我送给它们的最好的礼物。

我在向它们敬礼。

那一刻，我似乎听懂了鸟声。想一想，那些听得懂鸟声的人，其实是隐于民间的鸟。他们以箫、笛子或者三弦作为彼此相认的标志。鸟听到他们的吹奏或弹唱，就会纷纷前来，落于他们的肩上，与他们共叙桑麻。

这是人间除却男女之情外，最大的诗意和浪漫了吧。

我忘了自己有多久不曾体验过这种感觉了，与一只鸟，或者一株植物进行一次心灵对话。

一颗心游离于身外太久，浸染了太多世俗的习气，骨子里的那份清雅渐渐散去，心境浑浊，灵魂里辎车千乘，却不肯卸掉一辆。

人总是喜欢不停地追逐，不停地往心上放东西，让心变成一个仓库。

往往是路多了才使我们迷路，往往是门多了才使我们无家可归。这世上有许许多多的道路，也有许许多多的人，有些人跟在别人的脚印后面，坦途或者歧路，各安天命。有些人走在自己的道路上，却被自己的脚步，带入迷途。一切，皆因名利。

有人开玩笑说，20 世纪要是看见个美女，还浮想联翩，能写出几句诗来，现在要是看见一个美女，马上就想到账号里还剩多少钱？这是个诗意正在逐渐消亡的年代，“快餐文化”席卷一切，如同不可抗力的飓风。

人年轻的时候，渴望纵横四海；人年老的时候，渴望落叶归根。一批人这样走出去，一批人这样走回来，周而复始，如磨盘一般。

想起小时候在冰面上抽打陀螺，可以从早晨一直抽到傍晚，乐此不疲。那陀螺大概是天底下最喜欢受虐的物件，被鞭子抽打得越勤，它越是心花怒放，灵魂似乎都出了窍。我怀疑，现在的我就是童年时代被抽打的陀螺，一直到现在，我都没停下来。

每个人身上都有鸟的痕迹，每个人最初的灵魂都有一对翅膀，后来，欲望越积越多，沉重得令它再也无法飞翔。人啊，不要总是伸手索取，有时候，给比取要快乐得多。取会令你的灵魂沉重，给会令你的灵魂轻松。

有人说世界上没有所谓的天堂，其实生活就是天堂，只是很多人在天堂里睡着了。一只小鸟唤醒我，让我做一个醒来的天使。

如果你也正好醒着，那么我来问你，如果广场上的人是你，你肯让鸽子落在肩头而不担心它把鸟屎拉到你身上吗？如果屋檐下避雨的人是你，你肯像雕塑一样一动不动，怕惊动一只麻雀重新飞进冷雨中吗？如果你肯，你有一颗干净而轻快的灵魂。总有一天，你会跟着鸽子或者麻雀一起飞翔。

总有一天，会有一只鸟，来与你共叙桑麻。

第三辑

月亮再弯，亮着就好

我们是生机勃勃的糖，哪怕岁月抛给我们太多的黄连，我们也要敢于和它同归于尽，搂抱在一起，在生活的大锅里慢熬。终有一天，我们的甜会消融黄连的苦，调和出一种与众不同的、情趣别致的人生滋味来。

生机勃勃的糖

看看昨天与今天都有什么不同？时针，秒针，都与昨天重叠着。蟹爪兰，还是没有开花的迹象。风，还是不多不少，敲了十一遍窗子。爱人的脚步声，还是不疾不徐，准时的五点一刻到达门前。甚至，钥匙在锁孔里的转动都是一样的，昨天两下，今天也两下。也有不同，只是你还不曾发现，一根最不起眼的头发，变成了白色，像一根银针，扎在头皮上。

这是一个居家女人的日子。很久以前，还不是这样子的，很久以前，她还是甜的，她还是一颗生机勃勃的糖块。

那时，恋爱中的人儿，喜欢把屋子布置得像糖果纸一般。两个爱着的人，在床上，就是糖纸里面两颗甜蜜的糖。那蜜一样的气息，在岁月的洪荒里，不知道可以持续多久。

想起过往，她微笑着含了一块糖。对着镜子，拔掉头上那根银针，换上鲜艳的衣衫，她推开门，感觉到自己的脚步，仍旧是轻盈的。

她闻到了自己身上，薄荷糖的气息。

朋友去非洲旅行，在一个小镇邂逅了一对母女，那家的小女孩儿大约有八九岁的样子，朋友上前跟她们打招呼，女孩羞怯地打量着朋友，不敢说一句话。朋友掏出口袋里仅有的一块糖果递给了女孩儿，女孩接过糖果后高兴极了，笑得很灿烂，开始跟朋友说话。

这时，朋友却发现女孩子一边说话，一边不时地用舌头舔一下糖块，他蹲下身子，问女孩儿为什么不吃掉糖果啊？女孩儿回答说，这块糖是给弟弟们留的，弟弟们谁也没有吃过糖。

朋友又问了，这块糖会越吃越小的，不如你就吃掉吧。女孩白了他一眼说，不行啊，我得给弟弟们带回家去。说话间，女孩又剥开糖纸舔了一下。

女孩呀，贫穷的非洲小镇女孩儿，她没有办法抵住甜蜜的诱惑。

冬天，小区的入口处，有个卖棉花糖的老妇人。矮小、精瘦，还佝偻着身子，一个土篮子大概就可以将她装下。她做得棉花糖又大又蓬，很好吃，来买的人很多。另一侧卖糖葫芦的，不时投来嫉妒的眼神，吆喝声也越来越没了底气。

棉花和糖，两个多么温暖而美好的事物啊，把它们放到一起，一定是锦上添花的美好。原来，幸福，是可以蓬松成棉花糖的模样的啊。

老妇人脸上永远堆着笑意，用慈爱的眼神望着每一个来买棉花糖的人，仿佛他们都是自己的孩子一样。

她是一个孤寡老人，70多岁的人了，靠自己的双手维系生活。

冬天的阳光慵懒地在墙角蜿蜒而行。她哼着歌，让你看不出悲苦。面对别人的唏嘘，她说，剩我自个儿了怕啥，我会挣钱，我吃得饱穿得暖，还得好好活他个几十年呢！

这个老妇人，她把余下的人生变成了棉花糖的模样！

一楼有个邻居，估计是小时候大脑发育有问题，身材很矮小，智力也只停留在三四岁的水平。他的母亲把他锁在家里，不允许到街上去，也没有朋友和他游戏，就孤独地留在家里，偶尔搭把手做点小家务，惹母亲生气的时候，会被打得到处乱跑。

我送女儿上学，差不多每天都会看到他。忽然有一天，女儿攥着一块糖，从那家的门缝里塞进去，女儿说，他太可怜了，不知道有没有吃过糖呢!

没等我缓过神来，小精灵接着对我说：“等我长大了，我就嫁给他，陪伴他，照顾他。”

善良的女儿，是被他的孤独和无助打动了。每个小女孩心中，都有种母爱吧，在泛着微光。

忽然觉得，女儿是一块糖，浑身上下弥漫着生机勃勃的甜蜜和温暖的味道!

我们是生机勃勃的糖，哪怕岁月抛给我们太多的黄连，我们也要敢于和它同归于尽，搂抱在一起，在生活的大锅里慢熬。终有一天，我们的甜会消融黄连的苦，调和出一种与众不同的、情趣别致的人生滋味来。

雪　蛾

那年我 18 岁，因为失恋将一瓶不知何名的药稀里糊涂地倒进肚子里。后来被医院抢救过来，便开始了长达两个月之久的住院生涯。

有一天临近傍晚的时候，我的病房里又住进来一个病人。她大约看到了我闷闷不乐，便主动跟我搭话，问我得了什么病。

“胃肠炎。”因为当时胃正好有些疼，便随口告诉她。

“那没关系，”她安慰我说，“再打几个点滴就可以出院了，你看我，弄不好就要拄一辈子的拐杖了，可我整天还不是高高兴兴的？”

这时我才仔细地看了看她敷着厚厚的石膏的右脚和一张挂着微笑的秀俊的脸。

天色渐暗，夜色如潮水一般淹没阳光带给我的短暂的快乐。加上昨夜的一场大风将附近的供电设施吹断几处，我不禁愁容满面，抱怨起供电工人的懒惰来了。

“难道点着蜡烛不好吗？”看着在风的轻拂下舞动着的烛焰，她愉快地说。“把所有的窗子都打开吧。”

微弱的火焰忽明忽暗，就开始有蛾子飞进来了。绕着蜡烛飞个不停，它们显得有些盲目，东一下，西一下，不停地乱飞乱撞。她似乎看得非常认真，充满好奇地睁大双眼。

飞蛾们越来越多，渐渐把蜡烛围成了一个美丽的圈。

“快来看，”她向我喊道。我清清楚楚地看见了一只蛾子撞断了翅膀，无法再飞起来。可它依然颤动着残损的翅膀，艰难地向火焰中心扑去，火焰被扑灭了，屋子随即暗了下来。

再次点燃蜡烛的时候，我用双手小心翼翼地护着蜡烛，生怕再有那些可怜的小生命葬身“火海”。她却平静地说，“没有用的，没有任何力量可以阻止它们扑向火焰。你知道它们经过卵变成虫，再经过虫变成蛹，然后结成茧，再破茧而出变成飞蛾。这一生的蜕变为了什么吗？就是为了那双可以带它们扑向火焰的翅膀，为了最后那团燃烧的火，这就是它们生存的姿态，静美的生，壮观的死……”

我仿佛在听着诗人的吟诵，想不到她把飞蛾的生命看得如此富有寓意。我曾经用一把把狰狞的苍蝇拍将它们拍得粉身碎骨，曾经用各种各样的电蚊香，喷雾式的敌杀死搞得它们无藏身之所。怎么就没想到在院子里为它们点上一小堆篝火，让它们尽情去拥抱火焰呢？

“是的，那样将是它们一生中最幸福的时刻。”她有些激动，而我似乎隐隐约约看到了躲藏在她眼眶里的泪水。

我松开双手，让火焰在屋子中心重新跳动起来。她说，人也像这蛾子一样，壮观美丽的不是一生，只是一生中的一个瞬间。晦暗的一生会因为一个瞬间的火光而光明灿烂，平凡的一生会因为一个瞬间的传奇而精彩……

我敢说，那一夜是我生命中最有意义的时刻，因为我懂得了她——一只美丽的飞蛾和她挚爱的火焰。

原来，她是一名出色的民族舞蹈演员，两个月前，医院检查她患有骨癌，建议她马上进行手术。可这时正有一台重大的演出等着她，中国艺术家们将在维也纳金色大厅向全世界展现中国民族音乐与舞蹈的魅力。那是她心中深深向往着的圣地，她就像一只嗜火的飞蛾，而她前面正燃烧着一团最美丽、最辉煌的火焰，她怎么不扑上去？

医生警告她说，如果再不手术，这条腿就保不住了。而她还是义无反顾地选择了那场演出。演出获得巨大的成功，那也是她艺术生命中的绝唱。在经久不息的掌声和堆满舞台的鲜花中间，没有人知道，一只美丽的天鹅将永远永远失去了她的翅膀。

“我无怨无悔。”她说，“我把生命中最美丽的瞬间留下来了。如果命运让我重新选择一次的话，我还是会选择拥抱火焰。”

我从抽屉里找出所有的蜡烛，一一点上。

果然，我看见了越来越多的蛾子加入到这群狂欢者的队伍，携着平凡朴素的风，蛾子们尽情舞蹈着，用生命，用爱。我仿佛听到了它们幸福时刻的呻吟。因为几根小小的蜡烛，这个简陋的病房正在变成快乐的天堂。

几天后，我出院了，她对我的医治胜过任何一种药物，临走，我送给她一个精致的小盒子。

“太美了！”她打开盒子，惊呼道。那是一只雪白雪白的蛾子，是我等了好几个夜晚才等到的，它像一朵晶莹的茉莉花瓣，在那里默默地散着芳香。它没有蝴蝶的凄美，没有蜻蜓的骄傲，但它有激情，有命运都为之颤抖的激情。

“就叫它‘雪蛾’吧，你看它真的像雪一样白。我想它一定是所有蛾子中最嗜火、最热爱火焰的。”她快乐地说。

“只可惜这种‘雪蛾’太少见了。”我不无遗憾地说。

“不，它们会像雪花那样多，只要你每天开着窗子，只要你每天都在心里积聚着火焰。”

我紧紧握住了她的手，在心里一遍遍地对她也对我自己说，雪蛾只是睡着了，雪蛾还会醒过来。

我便在以后的岁月里等待，等待雪蛾飞进我的窗子，无论身处逆境还是苦旅，无论是忧伤着还是疼痛着。

我相信，只要有夏天，就会有这种充满激情的雪蛾，就像她说的，像雪花那样多。

是的，像雪花那样多。

像雪花那样生生不息。

走走神，发发愣

晚霞褪尽，夜幕升腾。忽然有了想出去走走的兴致。便约了朋友，一边散步一边聊着天。一盏路灯，路边还有未化的雪。和他说着话，说着说着就走了神，走了神就和他说，先别说话，让我好好看看这天空。

这天空蓝得无法形容，是一种有着忧郁气质的蓝，一种可以给你无限遐想的蓝，如丝丝滑滑的缎子面，伸出手就可以触摸到那种软软的微凉。

路边有人在放烟火，“砰”的一声，一个火球飞向空中，然后绽放。把那蓝揉碎，又慢慢抚平。一颗心也跟着开了、又落，芳香却留下来，沉淀于心底。

童年的一些映像就开始在脑海中不停地闪现，野地、葵花、蝈蝈、风车、蒲公英、玉米秆儿、稻草人……

“喂喂喂，没事吧你？”朋友看我傻愣着发笑，不禁担心地过来摸摸我的额头。

我笑而不语，那魂飞天外的样子一定把他吓得不轻。

走走神儿的这一刻，心底忽然塞满了一颗又一颗温柔的小星星，它们闪着恒久而又年轻的光，提醒着我，不该忽略生活中的一件件“小确幸”：

住在乡下的岳父，一向有些懒惰，听说我们一家人要回去过周末，起了很大的早，把院子打扫得干干净净，把屋子烧得热热乎乎。岳母同他打趣，一辈子的懒家伙，今天这日头咋从西边出来了。岳父嘿嘿笑着，并不言语，搬了凳子，够下来那瓶珍藏了好久的“五粮液”；

妻最小的妹妹和我们的年龄差了近20岁，上学和工作期间都在这住，我和妻也一直把她当女儿看，有时候不自觉地就喊了声“姑娘”，她竟也乐于答应。结婚后家里一下子冷清了许多，好久不来，心中不免有些挂念，也有些“结了婚就什么都忘了”之类的怨言。忽然有一天门铃响了，问，是谁？听见她在那边欢快地喊：“你大姑娘回来啦，快开门”；

仕途上春风得意的时候，老朋友纷纷“退场”，正开始怀疑那份友谊的纯度的时候，朋友发来的短信却写着：别人都关心你飞得高不高，我们只关心你飞得累不累……

身在尘世，有时候会感觉像一头驴子，被鞭子驱赶着。生活的磨盘啊，榨出新鲜的豆汁儿，也榨尽我们的诗意，我们蒙着眼，不停地奔忙，除了风声和汗水摔到地上的响声之外，就只有磨盘的吱呀声了，那只磨盘，如一只生锈的龟，爬了许多年，仍在原地打转，它爬不出宿命。

累了的时候，真想坐下来，亲手烘一块蛋糕，亲手研磨一杯咖啡。生活再忙，也要给自己挤出一点独处的时间吧，想念一下亲人，问候一下朋友。

再忙，也要在那劳碌的间隙里，吸吮出感恩的骨髓来。

走走神，发发愣，我会听见时钟上的秒针，赶着小碎步，一路奔忙，像一只淘气的小狗，不停地转着圈，非要咬到自己的尾巴不可；

走走神，发发愣，我会看见一朵云拉着另一朵云的手，相互打探故乡和亲人的消息；我会看见鸟儿，衔走我们的快乐和悲伤，飞到月宫里去报告人间的事情；

走走神，发发愣，我会听见蟋蟀的歌声，这弱小的歌者，不论怎样的天气，都持续着它的歌唱，“它身披长衫，独吟琴操，双目微盲，心中灿烂。它像瞎子阿炳一样，低语着艰难的身世和世上的尘土，它把听着的心说旧了，把时光说短了，把梦说老了，把一支名叫寂寞的歌儿，说得更加寂寞。”（巴音博罗语）

葛红兵在一篇文章里写道：只要你从世俗的功利中抬起头看看，那片绿色就属于你了；听听，那池蛙鸣也就是你的了；想想，看着天空发一小会儿愣，那天空就是你的了。

走走神，发发愣，给一颗心松松绑，让它随着云朵、随着风、随着鸟儿，爱飘到哪里就飘到哪里去吧。

敲　门

十年前，很冷的一个冬天傍晚。

漂泊在外的阿明又一次失业了，还是因为他太过爽直，不懂迂回的性格。跋涉了好几天，在一个个公司门口吃着闭门羹。一扇扇偌大的玻璃门，透明的，却也是冰冷的，像猛然立起来的巨大冰块，向外发射着逼人的寒气。大概它们也嫌弃他是个外省的乡巴佬吧，浓重的口音总会时不时地泄露心底的自卑。空揣着满腹的才华，却无用武之地，这令他非常沮丧。

街上漫天飞雪，而他的工作还没有着落，他在想，怎样和乡下的父母说呢?

已经连续第10天了，他游魂一般地穿梭在这个城市，他不能回家去，因为家人都对他抱着极大的希望，他是村里唯一的大学生，是家人的骄傲。所以，就算在这里饿死，也不能灰头土脸地回去，让全村的人笑话。

他在早晨曾暗暗和自己发誓，如果今天再找不到工作，就了结自己的生命。现在到了兑现誓言的时候了。

自杀之前总要填饱肚子，要死也做个饱死鬼。这样想的时候，他就决定把口袋里的钱都花光，信马由缰地闯进一家饭店。

“把店里最拿手的招牌菜给俺来几个……再来瓶老白干。”他把兜里的钱都拍到柜台上，“豪气干云”地嚷嚷着，好久没这么畅快了！

店主是个60岁开外的老人，走起路来微微跛着脚，但一看就是很干净的人，也很细心，他把阿明的酒用开水烫好端了上来，“酒要温热了喝，不然会伤身的。”

他想，这老板真会做生意，这温暖的小细节很讨顾客的欢心呢！

“今晚店里的客人怎么这么少？”阿明随口问了一句。

“这大冷天儿的，谁不在暖乎乎的家里待着啊。”

一句话戳疼了阿明的敏感处，他再没有说话，自顾自地喝了起来。

想起自己的难处，他一边喝酒，一边竟掉下眼泪来。店主眼尖，看见了，料定他是个有心事的人，主动过来搭腔：“听口音，是外地人吧。这是不是遇到什么难处了？这还有几间客房，如果不嫌弃，今晚可以就住这儿，屋里烧得热乎得很呢。”

他没想到在这小饭馆里竟然还会触碰到难得的几许温暖。不过转念一想，这不过是店家为了赢得顾客的一点手段罢了，他不领情，借着酒劲儿，说出了实话，“可是……俺喝完酒，兜里的钱不够住店的了。”

“没啥，那客房闲着也是闲着，不要钱，你就住下来吧。这大雪天的，你能走到哪儿去？”

阿明一下子就呆愣住了，这温暖的话犹如一颗石子儿，在他死水一般的内心溅起一圈一圈感动的涟漪。

客房真的很暖和，也很干净，他想，这样死去也不算凄惨吧。他开始盘算自杀的方式了，吃药还是上吊呢？吃药还得花钱，他已经没有钱了。上吊也不行，屋子里没有可以挂绳子的地方。那就割腕吧，他想起来，包里有一把水果刀。

正要动手的时候，店主轻轻地，好像啄木鸟啄着树干一样敲了门：

“我新烧的热水，要不要一起来冲个澡，天冷，洗个热水澡会舒服些。”怕他有啥顾虑，还故意强调了一下，“放心吧，免费的。”

也好，让自己干干净净地走，也是个不错的选择。

他舒舒服服地洗了个热水澡，店主还和他互相搓了后背，他感觉到眼前的这个瘦小的人像极了他的父亲，有一种说不出来的亲切感。

重新回到屋里，他要继续自己未竟的“事业”。他也有过一丝犹豫，他想店主对自己这样热情，怎么可以在这个地方自杀呢，那样，这店里的生意岂不是会因为他而受到影响嘛。这样做人有些不仗义。

可是最后，自杀的念头还是再一次占据了上风，他管不了那么多了。他再次把刀子放到自己的动脉上，闭上眼睛，要和这个世界说再见了。

店主却又一次敲了他的门，仍旧像啄木鸟一样，轻轻地啄着树干。

“小伙子，刚才我在结账的时候，发现多收了你的钱。你看啊，你的菜点得多，一个人吃不了，浪费，我就自己做主每个菜都给你上了一半。这样，我就该收你一半的钱。”

这个店家真是奇怪，有钱都不赚！他数了数，那些钱还够他明天再苟活一天的。

他想，钱既然没花完，明天就再去碰碰运气吧。他收起了他的水果刀，很快就睡着了，那晚的觉睡得真香，他梦见自己回到了家，亲人们的拥抱真暖。

说来也真是奇怪，大概是睡眠好的缘故，第二天，他看上去显得非常精神，事实证明，那一天也是他整个冬天以来运气最好的一天，他被一家公司聘用了，而且薪水还蛮高的，峰回路转，这人生真是太奇妙了！

这对阿明来说，不得不说是一个奇迹。阿明心里清楚，这个奇迹有个始发点，那个瘦弱的、像自己父亲的人，是为他开启重生之门的人。

当晚，他在给父母的信里这样写着：“这里的冬天真冷啊，寒冷一度把我逼进了死胡同，可是那个老人用他身上的温暖焐热了我，是他一遍遍敲开我的门，敲开我如死亡一般沉寂的心，他拯救了我，那温暖的味道，和你们身上的一模一样……”

绳子爱着远走他乡的风筝

四月的天空，湛蓝清澈。两只风筝，在天空飘。

那是风筝的风筝和绳儿的风筝。

她和他总是在一起放风筝。

风筝的风筝飞得很高很高，所以绳子总会断。

绳儿的风筝总是飞不高，在不远的天空伸展翅膀。

这似乎注定了他们的命运。

风筝是一个女孩子的名字，她不甘心守在这个小山村里，她说，有一天，我一定要飞出去。

她飞到了蓝天，看似飞离了这个世界，其实永远都飞不出去。

绳儿是男孩的名字，他和风筝青梅竹马，连名字都是般配的，所有人都认为他们会在一起。

可是师范毕业之后，绳儿却选择了回来做乡村教师，风筝却不甘心，她和绳儿彻夜长谈，希望绳儿可以改变主意，和她一起，去城里打拼。

绳儿说，他是个孤儿，吃百家饭长大，是乡亲们养他长大，供他上学。他的内心答应过这里的山和水，要回来。他不能违背自己的心。

风筝的泪流得很长，像长长的绳子。从黄昏一直流到天明。

那眼泪就算是另一种意义上的送行吧，为彼此的爱情，洗刷出一条干净的退路。

“我们再一起放一次风筝吧！”风筝说。

在空旷的田野上，风筝又一次飞起来了，在高高的天空欢欣鼓舞。绳儿的眼里充满忧伤，但是他理解，每个人都有选择自己未来的权利，风筝想飞得更高一些，想飞过那座压抑的大山，想飞过那难熬的贫苦之境，这又有什么错呢？

风筝走了，没有回望，像那炊烟，径自往云里去，向往云层和留恋烟囱，显然前者更具有诱惑力。

之后，两个人在最初，还会偶有书信往来，彼此诉说当前的境遇。后来，风筝说遇到了心仪的男子，绳儿的心在那一刻，被疼缠得很紧，仿佛要窒息一般。

绳儿忍住悲伤，继续写信，打听那男子的为人作风，替她分析那男子的本质，是否可以让风筝托付终身。

一切尘埃落定的时候，绳儿便没有再给她回过信。

绳儿的想法是，既然有了爱她的人，便是需要他放手的时刻。

从此，30 余年，再无交集。

学生走了一拨又一拨，麦子割了一茬又一茬，粉笔和镰刀，脑力劳动和体力劳动轮番刑讯，终于逼迫他交出了自己的健康。

在他患上肺癌的同时，收到了来自北京的喜讯——他教过的两个学生，分别考取了北大和清华。

作为启蒙老师，自然，他也是功不可没的。媒体找到他，做了大量报道，他的故事像秋天的麦子，在一茬一茬的人心里，变得沉甸甸的。

在风筝的心里，像一块巨石坠入大海！

绳儿老了，头发灰白。在操场上，他望着天空，那里有孩子们在放风筝。

风筝在离他不远的身后，也抬起头。

这场景多么熟悉，清晰地刻在两个人的心上。

绳儿回过头来，并没有太多讶异，在他心里，他觉得她最终是要回来的。除非，他是一根重新绑定了另一只风筝的绳子。而事实是，这么多年，他一直单身。他这根执拗的绳子，一直爱着远走他乡的风筝。从未止息，哪怕一刻。

你要亲切地走在人间

他是个孤儿，没有人知道他姓什么叫什么。打小，他就脚下带风。村人们都叫他“一股风”，没等和他说完话，一溜烟儿没了踪影。

神行太保的本事，派上了用场，他帮村里的养羊大户放羊，有吃有住就行，穿别人不要的衣服，用他的话说，什么好看不好看的，不露肉就行呗。

他放了一辈子羊，没弄丢过一只。没听过他抱怨一句，反倒总能在他放羊的地方，听到他雄浑的歌声。

羊吃草，他吃野菜，他低头挖野菜的样子，也很像一只羊。一只领头羊。

他有力气，谁家有个大事小情的，他准保在场，专挑出力的活干。最开始有人以为他贪人家的酒菜，时间长了都知道，那是他性格使然。

如今，他再也没有力气支配自己，步子越来越慢，像一条僵硬的蚯蚓，从这垄地挪到那垄地去。

终于，他一屁股坐在阳光里。摔得疼，总算还有阳光安抚着。

没力气跑了，却有力气唱。有事儿没事儿的，他倚在墙根儿处，来上那么几段“京梆子”，一听还真像那么回事，字正腔圆，内功深厚，好像个练家子!

有人不解——“你连个老婆都没讨到，更没个一男半女，咋还活得这么欢实呢！”

他看得开——“命里该有啥就有啥，老天爷既然让俺孤零零地活，就肯定有孤零零地活的理儿，啥都甭管，咋都是个活！”

一个七八岁的孩子，听得入了迷。成了他的“小粉丝”，每日里总会到他身边来，听他吼上那么几段。家里的大人竟也放心。

那日兴起，他唱了一段《狸猫换太子》——

山雨欲来风满楼，
病困幽院不胜愁。
遭贬谪临深履薄天不佑，
难避杀身大祸降临头，
七年来伤心事不堪回首，
哭寇珠痛秦凤骨埋荒丘。
真皇娘凄惨惨天涯奔走，
恶奸妃反怡然高踞龙楼。
贤良臣怒不敢言心伤透，
圣天子沉迷丹鼎不识忧。
似这样江山社稷怎长久？怎长久？
我虽然身贱位卑不忍看这大宋基业付之东流，
危境中修密折将它藏在假山石后，
一桩桩隐秘事笔底尽收。
纵然是此身难逃奸贱手，
也要叫真相大白是非明。
洗雪沉冤夙愿酬，

浩浩正气天地长留。

……

这孩子也不知道他唱的是啥，反正他唱完了就使劲儿拍巴掌，把小手拍得通红。一边拍巴掌还一边说，“爷爷真棒”。

“一股风”更是乐得合不拢嘴。为了这么一个热心小观众，他就是把嗓子吼出了血都心甘。

他半个亲人都没有，时间久了，他就一厢情愿地打心眼里认了这孩子当小孙子。

那日，车流湍急，眼看着一辆车奔着孩子去了，他闪电般冲过去！可是他终究还是老了，他没跑过那辆车，孩子得救了，他的左腿却被车轮碾过。

他的左腿被截肢了，那孩子的一家人守在他病床前。

“老哥，你是我们家的大恩人，放心吧，以后俺们会养着你！”孩子的爸爸动情地握住他的手。

“我都这样了，只怕会拖累你们啊。”他忽然很痛苦地说道。这一辈子，他从来没有给人添过这么大的麻烦。

“这要是以前啊，那车压根就跑不过我。”都这样了，他还不忘炫耀他的神行功夫。

后来他失踪了。哪怕没了一只腿，还是一股风一样消失了。他是怎么偷偷离开医院的，至今仍是一个难解的谜团。

林清玄有一篇散文《报岁兰》，文中有这样一段——

父亲生前最喜欢的兰花有三种：一是报岁兰，一是素心兰，一是羊角兰。他种了不少名贵的兰花，为何独爱这三种兰花呢？记得有一次他对我说：“有很多兰花很鲜艳很美，可是看久了就俗气；有一些兰花是因为少而名贵，其实没什么特色；像报岁、素心、羊角虽然颜色单纯，算是普通的兰花，可是它朴素，带一点喜气，是兰花里面最亲切的。”父亲的意思仿佛是说：朴素、喜乐、亲切是人生里最可贵的特质。这些特质也是他在人生里经常表现出来的特色。

这篇文章让我懂得，对人对己，都要亲切几分，你将你的热情投入生活，生活也必将对你报以更大的热情。

前几日，我的一个朋友和我说，他好像看见“一股风”了。

我问他：“你确定是他吗？”

“当然！一定是他。”朋友坚定地说，“离老远就能听见他吼，只有他才唱得出那么有味道的‘京梆子’！”

我按照朋友说的镇上的那个地方找去，果然找到了他。他并没有像别的残疾人那样去乞讨，而是支了一个擦鞋摊。

我忍不住问他：“那孩子与你非亲非故的，你怎么就那么毫不犹豫地冲上去了？”

“啥亲人不亲人的。”他说，“难道还非得一个姓的，有骨血的才算亲人啊，俺们的心离得那么近，就是亲人呗。是亲人，就得往上冲。”

这是我听到的关于亲人的最亲切的诠释——心离得近，就是亲人。

他一个亲人都没有，可是他又把尘世的每一个人都当成亲人。我相信，不管以后这日子再怎么辛苦，他都会一直亲切地走在人间。

就像一棵报岁兰那样。

耐皱的心

邻居玲子性子泼辣，作风彪悍，长得也是粗线条，女汉子味道十足。她的声音烟熏火燎的，她的话也仿佛都沾着锅底灰。炒个菜看着像在跟一头野猪搏斗似的，脾气比急性肠胃炎等坑位的时候还暴躁，对所经历的一切都是囫囵吞枣，上床头沾到枕头，身体就飞快忘记了大脑，急迫地睡去。

人们对她没有别的印象，只有萦绕不绝的爽朗的大笑。让人时刻担心着墙皮脱落。

她是个有故事的人，而有故事的人，我都会称之为美人。

从她出生那天起，命运就开始一波三折。母亲因为她，难产而死，父亲在四年后给她找了个后妈，最开始后妈对她还不错，只是给她生了个同父异母的弟弟之后，她便不再受待见，小小年纪就要做家务，上学没多久便辍学，17 岁就被安排相亲，嫁了人。

她先后嫁了三个男人，无一例外，三个男人最后都弃她而去，理由不尽相同，她看得开，自己带着俩孩子，照样把日子过得跟开水似的，热气腾腾。

有热心人给她介绍对象，她照看不误，年过四十的女人，对爱情向往如初。这一次这个男人还算靠谱，老实巴交的，给人一种很踏实的感觉。他也不嫌弃她带着俩孩子，俩人很快就在一起搭伙过起了日子。

爱情的滋养让她的双颊红润，泼辣的作风收敛了不少，举手投足间多了一丝温柔的气息。当然，亘古不变的是那爽朗的大笑。

俩人过了好多年，竟然没吵过架。老男人还挺浪漫，在小区里，经常可以看到他手里拿着一支玫瑰，而且更有趣的是，常常是他左手拎着一大兜蔬菜和水果，另一只手攥着一支玫瑰。

比如今天，他手上的东西更丰富，一只普通的炒锅，还有几样蔬菜、一斤馒头和一条刚刚宰杀完的鲜鱼。当然少不了玫瑰。玫瑰只有一支，用粉红色的塑料纸包着，外面还系了一条深红色的丝带，价格很便宜，只有两元钱。

他就那样一手拎着铁锅，一手拿着玫瑰，从超市步行回家。他的浪漫只给太太一个人。

这份浪漫，让他的心平展如毯，没有一丝褶皱。

玲子爽朗的大笑从没有间断过，只是那笑声里，不再有那么多锅底料的味道，而是多了一丝豁达和满足。

如果让她选择，她或许不要这么多故事，只做一个简简单单的女人，宠着自己简简单单的幸福就好。

出门旅行，购物是妻子的必备项目。妻子的行李箱装得满满，几乎没有任何缝隙，可是她仍旧抵不过那件丝绸旗袍的诱惑，毅然买下它。那是她买的所有衣服中最贵的一件，她却把它放到了行李箱的最下面。他说，嘿！你就不怕这件最贵的衣服被压成地摊货吗？她说，你不知道，这件衣服好就好在它耐皱，不管怎样压，也不会出皱。

到了家，妻子从行李箱里把它拿出来，使劲儿抖了抖，果然，一点儿褶皱都没有。妻子懂他，他也似乎懂妻子，费尽心思为知己“守身如玉”，妻子和他有着惺惺相惜的心。

真正优雅的心是抗皱的！

就像玲子，她不愿意用书籍、瑜伽、音乐、电影、中药、红酒、茶水和佛珠把自己包装成一个优雅的中年女人，同时也不要求世界赐予过多，她只要自然的一切。上帝给她什么，便接受什么，如此而已。

她的心，因此没有一丝褶皱。

说白了，灯红酒绿不见得快乐，粗茶淡饭不见得悲苦，有一颗抗击打的、耐皱的心，才能在生活的每一个早晨，煲出一锅热气腾腾的好粥来。

苦　香

我不知道那是什么茶，红色的，好像一个个火柴杆。不，确切说是烟色的，大概是什么花，可是又没有花香，是一种清淡得有些苦的香气。

老头告诉我，那是海南的苦丁茶。

他只卖这一种茶叶，外加几味草药，还有一点柠檬片儿。他把这些装在一个破旧但是干净的兜子里，背在后肩上，如果不叫卖，没有几个人知道他是在卖东西，只以为他是过路的。

他就那么颤颤的一路走过去，欢快的叫卖声听起来像在唱歌，茶香就钻进了人的鼻孔。

那老头儿的脸就像翻卷的茶叶儿，一道道的纹路，筛着早上的阳光，他每天会选择一个角落蹲下来，隔了很久才会叫卖一声，声音不大，却是欢快的。茶香诱人，我走过去，接着又有几个老头儿走过去了，都是奔着那茶香去的。

渐渐的，他那里热闹起来了，很多人买走了他的茶叶，很多人买走了他的柠檬片，很多人买走了他的草药。

他的兜子空了，茶香还在。

我们和他道别，他说，明天还来，只要还能走得动。我知道，只要他还在，就依然会听到他仿佛唱歌般的叫卖声。

后来听老人们说，这卖茶的老人是个鳏寡，年轻时就死了老婆，连个后代都没有。这么多年，一直都是一个人孤苦伶仃地过着。慢慢地，把自己熬成了苦丁茶。那些苦难让他的人生，多了一些苦香。

可他并不显得多么悲苦，每日里一边卖茶，一边和老人们天南海北地闲聊，时不时地爆出一串爽朗的笑，于是我知道了，那笑声，便是他藏起来的茶香。

茶香是藏不住的，芬芳了自己，也愉悦了很多人。

以苦为香，我想，这是只有经历过大苦之人才能品悟的香吧！

花香翻滚

春天的花儿，披头散发地开。尤其是短短一夜间，呼啸而至的达子香。

睡眼惺忪，等不及梳妆打扮，就已经忍不住开放了。披头散发也好，素面朝天也罢，如此任性，何尝不是一种天然的美！

达子香开得任性，山杏花开得随意。像不禁诱惑的虚荣女子，春风里裹挟了一丝甜，便炸开自己的身子，掏空所有的香去迎合。

我曾经对这种随意的喜欢献媚的花进行了批判，说它们开得“恬不知耻”。妻子同样批判了我，她说不喜欢我为了抬举一种花而贬低另一种花，她说，每种花都是美的，它们那么努力地绽放，怎么可以就这样被抹杀了呢!

是啊，这会儿，我要向这些掏空心思、取悦世人心的花儿们道歉。

庙会的时候，寺庙边上的桃花也开得绚烂。桃花不像人类那么多烦恼，开得自在逍遥，它用笑脸嘲弄着那些紧绷神经的人们。

友人从庙会上归来，依然没有止住伤痛。佛忽略了他，这被春天流放的人，不适合在春天里痛哭。

可是我愿意陪他一起在清晨啼哭，用一轮红日洗幼稚的脸，然后重新做人。

我多想换上一个，洗净了悲伤的面孔。可是与这春天悖逆着的，是糟糕的身体。它从上到下，轮回着二十四个节气。比如，额头上的春分，比如，膝盖处的小寒。

太多太多的悲伤，佛抱不过来。悲伤们只好挤在一起彼此安慰。

那么，何必面佛，把悲伤交给桃花，如何？

桃花自会分给你一朵明媚，一捧打着旋儿向上升腾的香。

花开自有花落。杏和桃们，花期都短，短得让我有些猝不及防。另一个友人在一个朗朗白日相邀：

“去看花吧！”

“可是花已经在落。”

“花落不是也很美吗？”

“我怕你会因此而伤感。”

“不，凋谢的是花，不是春天。”

他的豁达让我汗颜。一个人的躯体，可以置身于贫瘠之地，可是一颗心，却可以栖居在繁华里，不肯落幕。

丁香接过春天的手帕，挥舞起来，用它环绕立体的香气迅速占据了整座城池。

它在唤醒那些沉潜下来的时光，唤醒其余的香。它知道，一朵鲜花，无法勾描一整个春天的脸。所以，它拼命摇动芳香的手帕，一浪高过一浪的花香在尘世翻滚。

蔷薇，这慵懒的美人，终于被唤醒，伸着懒腰睁开眼，梳妆打扮自然也是要慢半拍的，如此，才可以把自己打扮得精致动人。

人们爱它，像爱玫瑰一样爱它。认下玫瑰这个姐姐，就必须接受蔷薇这个妹妹。

春天是所有人的盛宴，只要你肯赴约。前赴后继的花，是春天派来的女侍，她们给你备好了热气腾腾的早点。

韶华易逝，你还要赖床到多久？

不被占据的心是快乐的

人心，说大就大，说小就小。大的时候，浩如大海，小的时候，一瓣红，一片白，都可以将它塞得满满。

早晨从二楼的阳台上摘下两朵小小的丝瓜花，突然想，千百年来，一朵丝瓜花的黄和它的简单都未曾变去吧，不知在那娇弱的心中，是否也暗藏着一种信仰，年复一年，为着人所不知的欢乐，次第盛开？

一个路人路过一朵小野花身边，忍不住蹲下来，仔细瞧了起来。

“你是一朵多么柔和的小野花啊，你应该去经历社会，体验生命在尘世中的作用！你的心灵有着罕见的清莹，你的眼睛透着宽阔的智慧，你在这同一片土地沉迷了太长时间，你应该从这里离开。你看着你眼前这一片天地，但你不是已经在思想上超越了它们吗？否则你怎么会这般超然不同？”

“可是好心的人哪，你一定弄错了。我超然是因为我本身被赋予了一颗这样的心啊！”

“不，是你错了。我在俗世中的经验是：任何人都不能不通过练达来使自己超然物外的。”

“可是好心的人哪，我毕竟在你们的世界之外。”

“那么你的世界是什么？”

“是自然。”

“那么在你眼中我们的世界是什么？”

“是规则。”

“可是我们的世界很丰富、热闹，充满了狡猾的竞争、危险的游戏、刺激的享乐，你不想去试一试吗？”

“我想我不能。因为你们的世界没有一朵小野花需要眺望的大片自然的土地。而你看到了，我的心那么容易满足，甚至不占有一只小巧的花瓶。”

路人笑了。“那好吧。还给你自由明净的天空。而我还要继续赶路，没办法，我生活在规则里。”

“不，你也可以把规则抛掉，像我一样，做一朵自然里的小野花。”

“可以吗？”

“是的。只要你的心，如我一样，甚至不想去占有一只小巧的花瓶。”

花有花的世界，花有花的言语。蜜蜂采的只是它的蜜，蝴蝶诱惑的只是它的香，它的心，一直都是自由的，没有任何东西可以将它占据。

大家都抱怨复杂，却不愿想自己就是复杂的根源，麻烦都是自找的，只要诚心，就会看见世界简单至极。你须做的只是扔掉目的而已。扔掉目的，就是解开了心上的枷锁。扔掉目的，就是解放了你的心，使它不再被欲念所占据。像那朵花一样，拥有一颗自由自在的心。

不被占据的心，是从生活的温水中解救出来的松了绑的螃蟹。让它在生活没有变成沸水之前，逃之夭夭。

一只鸟的心不被占据，是自由的，会飞得更高；

一个人的心不被占据，是轻盈的，能走得更远。

一颗心不被占据，才能安享无忧无虑的快乐！

把良心的袋子装满

父亲常说，只要人帮人，世界上就没有穷人。

父亲不舍得花钱，是村里有名的“抠王”，可是对那些需要帮助的人，他从不含糊。哪怕他自己不吃不喝，也要尽量去帮助。记得有一次，他把自己的路费给了一个被小偷洗劫一空的老人，自己步行40里路回家。不知情的乡邻以为父亲又是为了节约路费，“抠王”的名号在村里愈发叫得响亮了。

父亲没想到，有一天自己也成了小偷光顾的对象。那一次正是春播时节，父亲和几个乡邻去城里买种子，买完种子后，父亲的兜里还剩下100多块钱，他没花，连午饭都没舍得吃，就和几个乡邻急匆匆地坐上了回乡下的客车。大概是买票的时候，被人瞄上了他兜里的那张100元的票子，再翻口袋的时候，那张100元的票子就不翼而飞了。在那个年代，100元不是个小数目，可以买很多东西呢，父亲急得满头大汗，在翻遍所有的口袋，确定钱丢了之后，父亲感到眼前一黑，差点晕倒过去。车上人很多，父亲看着满车厢的人，感觉每一个都像是偷钱的人。

父亲正在心里痛骂自己粗心大意的时候，听到了车下一个女人声嘶力竭的尖叫：我的种子丢了，你们谁看到我的种子了，那可是我家里一年的种子啊……

那个丢了种子的女人在那里不停地抽泣，她说她把种子放在站点，自己去解了个手，就这一小会儿工夫，种子咋就没影了呢。她说她家死了男人，里里外外全靠她一个人支撑着，她命苦啊。她呼天抢地，车里人都纷纷对这个丢了种子的人表示同情，纷纷谴责那个偷种子的缺德的人，他断了穷人家的活路。

不管咋的，先上车再说吧。父亲劝她，忘了自己也是个遭遇了盗贼的人。

父亲问同来的乡邻要了个空袋子，放到那个女人手里。他解开自己的袋子，一捧一捧地往那个素昧平生的人的空袋子里装种子，一边捧一边说，你少种点，我也少种点，日子总能挺过来的。与父亲同来的乡邻，看到父亲的所作所为，也都纷纷打开袋子，往那个人的空袋子里捧种子，不一会儿，那个空袋子就鼓了起来，仿佛吃饱饭的人，振作了精神。那个女人不知道说什么好，一个劲地要给父亲和乡邻磕头，父亲说，谁还没有个难处，都帮一把，就挺过去了。

满车厢的人都亲眼看着父亲的小小善举，他们不知道父亲的心灵刚刚经历的创痛。父亲也自始至终没有向人说出自己的钱被偷了。

下车的时候，人很挤。他感觉被人紧紧地贴了一下身子。父亲再一次翻口袋的时候，发现那张百元票子又回到了他的口袋里。就是他自己的那张，他认得，皱皱巴巴的，那上面还有他的体温呢。

望着从车上下来的一个个人，父亲看谁都不再像是小偷。

这个世界上，每一颗良心都是一粒善良的种子，或许你没有财富，无法慈善，但你可以去做一粒善良的种子，把爱孕育，让爱开花。这些种子会让世界阳光明媚，花团锦簇。

巴尔扎克的手杖

手杖，我看得见它的殷勤。它蹲在他的腰部以下，紧贴着他的右腿，给他一个支撑，更确切地说，是给他一个可以站住的支点，因为他常常会不自觉地摇晃；

手杖，我看得见它的华贵。嵌着金，镶着钻，如此闪亮，如同他头上发光的头油，映着他无所依附的虚荣；

手杖，我看得见它的气魄。因为那上面刻着：我能粉碎一切障碍！他的雄心勃勃来自于他在创作小说时的忘我状态，那时候的他的确无人能敌，如同战场上的拿破仑。

那是巴尔扎克的手杖！

他活着的时候，国家学会不要他，因为他是一个负债的作家；正人君子不要他，因为他是一个潦倒的作家。这个不懂人情世故和阴谋诡计的幻想家，总在想找门道发财，却总发不了财。在他成名之前，经历了太多的贫穷。他本是学法律的，可后偏偏想当作家，全然不听让他当律师的忠告，把父子关系弄得十分紧张。不久，父亲便不再向他提供任何费用，他写的那些玩意儿又不断地被退了回来，他陷入了困境，负债累累。最困难的时候，他甚至只能吃点干粮喝点白开水。但他依然乐观，每当就餐，便在桌子上画上一只只盘子，上面写上“香肠”“火腿”“奶酪”“牛排”等字样，然后在想象的欢乐中狼吞虎咽。

有天夜里，一个小偷爬进了他的房间，在他的书桌里乱摸。他被响声惊醒了，悄悄爬起来，点亮了灯，十分平静地笑着说：“亲爱的，别找了，我白天在书桌里都不能找到钱，现在天黑了，你更别想找到了。”

在西方世界，手杖很早以前就成为贵族绅士的饰品爱物，他们对手杖的偏爱和讲究到了走火入魔的地步，有些上流沙龙聚会，与其说是社交往来，不如说是炫耀攀比手杖。于是，在巴尔扎克的《人间喜剧》中，我们看到了出于虚荣攀比心态而倾家荡产甚至借高利贷买镶金嵌玉手杖的末路贵族，在柯南道尔的《福尔摩斯探案集》中，我们读到了为争夺一根昂贵的手杖铤而走险谋杀无辜的惨剧。这时的手杖已不是支撑人们行走的工具，而异化成了欲望和邪恶的魔杖。

其实生活中，巴尔扎克比任何人更喜欢华贵的手杖，因为那个手杖可以证明他已经是一个“贵族”。

在他出名之后，报纸杂志争相向他索稿，他为出版家所谄媚，被读者的赞美词所压倒。突然的成功对于一个艺术家永远是危险的，巴尔扎克陶醉了，眩晕了。他觉得自己在晦暗、贫穷中度过了太多时光，他急于要用自己现在的名誉，品尝一下贵族的生活。

他给自己弄了一个虚假的贵族头衔，从《驴皮记》开始，他的作品都是用奥诺雷·德·巴尔扎克这个名字来发表。一般说来，法国人姓氏中的“德”，往往是出身贵族的标记，它后面的姓大多来自古代国王或皇帝封赏的采邑，而奥诺雷·德·巴尔扎克，却是一个假贵族，他的这个“德”纯属子虚乌有、别出心裁。

他给自己买了马车，配了跟班，买了别墅和高档家具，穿着华美光鲜的衣服，在头发上涂上厚厚的油……可是，他毕竟是个假贵族，他的衣裤搭配得总是很花哨、很夸张，手指甲里总是满满的污垢，天热的时候，脂垢便从他涂油的头发上滴到花领子上，看上去是个十足的暴发户。

当然，每日在上流社会里穿行，更少不了那根华贵手杖的陪伴。

巴尔扎克一生有许多幻想，娶一位有钱的贵夫人是其中之一。

从 1832 年 2 月收到韩斯迦夫人的第一封信起，一直到死，他对韩斯迦夫人始终怀着极度的热情，为了能与韩斯迦夫人结婚，耗尽心血，直到生命的最后一年，韩斯迦夫人在丈夫去世、女儿出嫁之后，终于怀着怜悯之心同意与巴尔扎克结婚。巴尔扎克曾兴奋地说："您知道我既不曾有过幸福的青年时期，也不曾有过繁花盛开的春天，但是我将会有最灿烂的夏季、最温暖的秋天。"

如果从他虚荣的角度来看，韩斯迦夫人亦是他多年来一直梦想得到的一根手杖。

很多人习惯于伟大人物不染一尘的正面形象，殊不知，很多人都有着不为人知的或卑微或琐碎的另一面，就如同巴尔扎克的虚荣，然而这些，在他伟大的作品面前，显得如此微不足道。我们看到的是一轮太阳，而那些隐藏其后的污点，不过是太阳里面的黑子罢了。人们在享受阳光的普照时，谁会留意那些黑子呢？

"我能粉碎一切障碍！"是的，巴尔扎克做到了，但他的手杖却无法替他击退疾病和死亡。在与韩斯迦夫人结婚后的 5 个月，他与世长辞，离开他所诅咒的世界和他心爱的韩斯迦夫人。

不过，他的生命已足够厚了，厚到可以让我们品味无数个世纪。

半饱的人生

有一个女性朋友正在减肥，赘肉倒是没减掉多少，可是通过减肥却总结出一套人生感悟来，令我们刮目相看。她说她现在一天的进食量是往日的一半，宁可少一点欠着一点，舒服，胃有空间心灵才有空间。做人也是这个道理，她说，自己以前是个追求完美的人，凡事追求百分之百的满意度，可往往事与愿违。比如朋友做了错事，就不予原谅，搞得朋友尴尬，自己疲惫，还错失了不少朋友。后来经过了一些事，也就渐渐想通了，人无完人，金无足赤。人非圣贤，孰能无过？如此自己也就多了一些包容，多了一些坦然。她认为，半饱不仅是对朋友的包容，更重要的是自己做事的态度，积极但不十全十美，尽人力，听天命，不给自己过不去，不给朋友找别扭，对人对事，半饱即可。这样的人生豁达而从容，宽厚而仁爱，幸福而美好。当你要求自己尽善尽美的时候，反而束缚了前进的步伐。

她总结出来的半饱理论同样适用于感情生活中。对待感情，夫妻之间的要求也是以半饱为好。很多夫妻一生都没闹明白，为什么夫妻感情从亲密无间渐渐地就变成亲密有间了呢？有人认为，夫妻之间应当不再有什么秘密，毫无保留才能证明夫妻感情的真实，实际上，夫妻之间如果彼此有一点私人的空间，不能视之为对爱情的不忠，反而是一种夫妻相处的艺术。

香港人欧阳应霁在《半饱，生活高潮之所在》中说："半饱是一种完美的缺陷，一半的希望，再加上一半的耐心，才是一整片蓝天。对现实保持一种满足，对未来抱有一分好奇，相信生活里头总有更好玩的事情，会在下一个阶段出现。"因为半饱，呵护好自己的肠胃，以及让精神时刻处于一种半饥渴状态，能让每一口美味的食物到达口中时得到最大的享受；因为半饱，当你在下一个街口发现了新的美食的时候，你才不至于胃口没有了容量。

一位科学家拿两窝小白鼠做过一个实验，一窝给予充足的食物，另一窝只给予少量的食物，结果饿鼠的寿命是饱鼠的两倍。这说明在一定条件下，动物或人类的寿命是与摄入的食物量成反比的，或许半饱才是最恰当的生命状态。国学里也有"不饥而食、食不过饱"的说法，吃饭要吃七八成，做事留下三四分。半饱的人生，表面上看是亏损的，实则是丰盈的。

弘一法师放弃繁华，遁入空门；梭罗为躲避世事纷扰，独居瓦尔登湖畔的丛林；而被誉为"韩国梭罗"的法顶禅师，亦是隐居山林三十余载……他们都是半饱人生的典范。为人不要太过贪心，取舍有度，方为做人最上乘的境界。

只是，尘世中的人啊，又有几个能够忍得住眼前的饕餮盛宴呢？

依　靠

父亲前列腺增生做了手术，住院的时候，我们几个儿女轮番陪护，母亲每天都要来，她身体不好，每次来都很费劲，来了之后，也不和父亲说什么，就那么长时间地坐在父亲的病床上，偶尔困了，还会打起盹来。

妻子看她来了也是遭罪，不让她来，她却早早就把自己收拾妥当，非来不可。妻子不理解，我说，父母一辈子都没分开过，他们可以一整天一句话都不说，但必须彼此能够感受到彼此的呼吸。

这就是依靠。

这是他们一生的习惯了：一个烧火，一个做饭。

我们吃的每一顿饭几乎都是父母合作的。

有一次，父亲因为去别人家里帮工，没有给母亲烧火，结果母亲做出的饭就煳锅了。

还有一次，母亲不在家，父亲笨手笨脚地为我们自己一边烧火一边为我们做饭，结果忙得满头大汗，饭却做得一塌糊涂。

当屋子里没有食物的香味，我知道，父母不在。

当屋子里重新有了食物的香味，我知道，父母回来了。我迷恋上屋子有食物的香味，那样会让我踏实下来。

每次母亲做饭，父亲都会在灶膛边蹲下来，一根一根地往灶膛里添柴火，那火光映到父亲的脸上，像镀了一层灿烂的霞光。他们有一句没一句地唠着家常，张家长李家短，闲言碎语串成了他们的一个个简单的日子。

父亲烧火，母亲做饭，这就是他们单一的爱情，最简单的幸福。

这就是依靠。

赵伯又上路了，风雨无阻。跟在他那疯疯癫癫的婆娘后面，丈量着贫苦琐碎的光影流年。他不知道他这辈子会跟着她走多久，他只知道，他必须跟在她身后，做她的一把伞、一根拐杖，或者是一树荫凉。

是从他们的儿子在矿难中丧生开始的，阿婆开始疯癫。开始到处游走，走到哪里，都要问，看到俺儿子了吗?

阿婆见到什么都想买，赵伯只好当面给她买下了，回头又和卖主赔着笑脸，把东西退回去。很多时候是退不掉的，所以，总能在大街上看到这样的景象：阿婆在前边兴奋异常，引吭高歌，而赵伯跟在后面，拎着大袋小袋，汗流浃背。

阿婆在夏天也会围着头巾，穿着厚厚的呢子大衣。令人奇怪的是，看不到阿婆流汗。倒是跟在后面的赵伯，穿着个背心还大汗淋漓的，仿佛天上的太阳故意为难他，往他的身上多拨了几朵光焰似的。

每次见到他们，我都会很远就打招呼。阿婆照例还是千篇一律的那句：看到俺儿子了吗？赵伯则憨憨地对我笑笑，不说什么，脸上亦看不出悲苦。

终于，有一次我忍不住劝赵伯，不如送阿婆去精神病院吧，你也好歇歇。赵伯摇摇头说，不妥，现在这样很好啊，我一点不觉得累。在家里窝着也是一天，在外散步也是一天，还能呼吸到野外的新鲜空气，看看没有被污染的云彩，顺便欣赏欣赏山里的风景……一辈子没陪阿婆郊游过的赵伯，把这些当成了是对阿婆的弥补。

我看到赵伯握着一束山花，那灿烂的花，握在他苍老的手心里，显得有些不伦不类，却又那么自然。

后来的一个早晨，我看到了赵伯心急火燎地走着，手上拎着一袋子新买的棉花。我问他怎么没见到阿婆。他说阿婆快不行了，看来这次要真的走了。他买了很多棉花，他说阿婆一辈子都怕冷，要给她做件厚厚的棉衣。

“走吧，让她能够暖乎乎地上路。”赵伯说这些的时候，脸上依旧没有悲苦的颜色，只有淡定、从容，仿佛前来引领阿婆的不是死神，而是幸福。

赵伯就这样陪着阿婆，慢慢把苦难的人生走尽。

这就是依靠。

邻居一对老两口几乎同时去世，前后相差不到5分钟。

那是发生在我身边的关于两个残疾人的真实故事：

他是一个孤儿，或许是因为自己残疾，父母将他遗弃，或许是别的原因，反正他不知道父母在哪里，也不知道自己姓什么叫什么。有人问起，他就干脆叫自己“吴名”。从懂事的时候开始，他就与垃圾为伍了。每日里在一个个垃圾箱里翻来倒去，捡拾些可以卖钱的东西，艰难度日。15岁的时候，他在一个垃圾箱旁，看到一个10来岁的女娃，在那里翻垃圾吃。他有些心疼，就带她回了他自己的小窝棚里。从此，他就像对待自己亲妹妹一样地，照顾她。

女娃有点轻微的弱智，而他瘸腿，这两个被苦难腌制的生命，从此谁也离不开谁。

如果捡到了一点好东西，比如别人吃剩的半截火腿肠或者破碎的茶蛋什么的，他都舍不得吃，给她留着。她也是，捡到了好东西也给他留着。有一次，她在另一个垃圾箱里捡到了半瓶酒，她兴奋地跑过来，递给他。那是他生平第一次闻到酒的味道，很难闻，但他不明白那些男人为什么喜欢喝酒。他尝试着将它们喝了下去，结果醉得不行，她费了好大的劲才把他拖回家去。

女娃一点点长大了，到了谈婚论嫁的年龄，没想到，她哪也不去，就认准了他。她说要嫁也是嫁给他。就这样，他们结婚了。

靠着捡垃圾，他们竟然一点点盖起了自己的房子，虽然很简陋，但毕竟是自己的。他们有了自己的孩子，孩子是健康的，他们依旧是靠着捡垃圾把孩子供上了大学，参加了工作。苦了一辈子，到了该享福的时候，两个人却一起离开了人世。

他们一辈子形影不离，哪怕是死，仿佛都约定好的一样。

这就是依靠。

第四辑

梦是夜的花朵

我是一棵孤立无援的树，不走动，不炫耀，浑身长满思想的叶子。

这儿躺着全世界最孤独的人

毕肖普的孤独，是华丽的孤独，就好像一个顾影自怜的女人，穿着最华美的衣裳，在空无一人的金色殿堂翩翩起舞。

她在写给同时代诗人洛威尔的信中说："你为我写墓志铭的时候一定要说，这儿躺着全世界最孤独的人。"

她是一个习惯性失眠的人，可是她并不恼恨，反而喜欢上这种失眠的感觉。

可以看月亮在云海里出浴，看星星在幕布上飞行，听着风慢慢掀动窗帘的声响，甚至，可以去听小虫子的缓慢爬行，想着它最先迈开的是哪一条腿？

终生住在月光里，不嫌烦不嫌累。有时向水边漂移，有时靠着花香小睡。如果冷了，梦就是温暖的火堆；如果太静了，就去听蝴蝶的鼾声如雷。

当孤独把一个人牢牢捆缚，还会有什么力量，把一颗心解救出来？

是爱啊！

可是她多么缺少，这救命的良药。

在那月光之地，她踽踽独行，像一行诗，在洁白的稿纸上滑过。

她躺下来，在月光的环绕之下，把自己披在身上取暖。

或许是因为缺少爱，所以她拼命去爱，试图从更多的爱里获得新生。异性和同性，都是她爱的对象。毕肖普一生几乎是在漫游中度过的。在诸多的旅行中，她一直有恋人相伴，并为她们留下了脍炙人口的名篇。她曾与她的同性爱人、巴西建筑师罗塔 · 德 · 索雷斯在巴西生活了 18 年。她们喜欢“整夜黏在一起，在睡梦中，她们一起翻身，亲昵得像一本书里的两页纸”。

她曾经酗酒，这或许与她过于害羞有关。

她的过于害羞，其实也是源于内心巨大的孤独。那里是一座空旷无比的花园，装得下一切欢欣与怨怼，笑意与愁容。“她的灵魂正躲在文字背后，仿佛一个‘我’正从一数到一百。”

1911 年，毕肖普生于美国马萨诸塞州伍斯特省一个富裕的家庭，但童年过得并不幸福。8 个月时，父亲便死于肾脏炎。母亲精神错乱，此后 5 年，频频出入精神病院。父亲去世后，母亲也随即失去美国公民身份，回到娘家——加拿大的新斯科舍省。毕肖普 5 岁时，母亲在一次彻底的精神崩溃后，被送进了当地的一家精神疗养院。从此，她再也没有见过母亲。母亲住院后，毕肖普与外祖父一起生活，日子过得温暖、舒适。但不久，她的祖父决定将她带回出生地伍斯特抚养。毕肖普后来回忆说：“没有人征求我的意见，他们违背了我的意愿，将我带回了父亲的出生地。”在那里，在那个富裕的家庭里，她感受到的不是幸福，而是亲情的匮乏。“我感到自己正在衰老，死去……晚上，我躺着，将手电筒打开、关闭、打开，然后哭泣。”

本来就不是很健壮的毕肖普，变得疾病缠身。湿疹，哮喘，神经衰弱。她变得虚弱不堪，甚至无法行走。直到 1918 年，母亲的妹妹莫德姨妈将她带到南波士顿，这种境况才有所改变。也就是在莫德姨妈的影响下，毕肖普开始写诗。

诗歌，终于把她破碎的心涂上一层绚烂的金色。“一座巨型城市，谨慎地揭幕，在过分雕琢中变得纤弱……洒水车过来，甩动它嗞嗞作响的白色扇面。掠过果皮和报纸，风干后的水痕，浅的干，深的湿，如冰镇西瓜的纹路。”

在这样的诗里，我看到忧郁的眼睑，看到哀伤的瞳孔，看到，全世界最孤独的人。

一根善的拐杖

14 岁那年，我正在上初中，父亲在工地不小心摔断了右腿。医生说至少得休养一年半载才能好，这可愁坏了父亲，全家人都指望着他挣钱呢。

父亲是个待不住的人，刚刚休养了半个月，就让母亲给他弄了一副拐杖。他说家里太闷，要出去溜达溜达。让我们想不到的是，就是这样靠拐杖支撑着走路的父亲，晚上回来的时候，照样神奇地给我们挣回了钱，尽管只有十几元。原来，父亲在步行街那里，找了一份发广告单的活儿。想着父亲右腿上绑着厚厚的石膏，拄着拐杖，在那里一站就是一天，我的心里，仿佛飞进去一只凶恶的马蜂，不停地扎着我。

我说："爸，我不想念书了，让我替你吧。"

父亲却狠狠训斥了我："没出息的孩子才去发广告单，你只管给我好好读书！"

父亲是"纸老虎"，虽说偶尔也发发威，但我一点也不怕他，他太瘦小了，体重只有 90 多斤。刚刚 14 岁的我，不论个头和体重，都已经超过他了。

我不怕他，可是心疼他。

周末的时候，我要替他去发广告单，他不允，让我在家复习功课。我却偷偷地跟着。

那天很热，我看到父亲脸上的汗水肆意流淌，可是两只胳膊要架着拐杖，手里还拿着厚厚的一摞广告单，没办法去擦。我想过去帮父亲擦擦汗，又担心他责骂我，只好在那里暗自替父亲难受着。

就在这个时候，发生了令我终生难忘的一幕。

一个上了年纪的老人，摇摇晃晃走过父亲的身边，忽然就晕倒在地上。呼啦啦地围上来一帮人，却没有一个去扶的。我听见有人小声议论，说前几天有个年轻人救了一个老人，却被老人讹上了，最后那个年轻人在医院花了近千元的冤枉钱，真是叫人寒心。这大概就是一大帮人没有一个肯施以援手的原因吧。

这是一群麻木的人，我从人群中那一张张脸望过去，每一张都写着冷漠。不，有一张脸是个例外，如同万千枯藤上唯一鲜活的一片叶子，上面写着焦急。我看得真切，那是父亲的脸！粗糙的布满皱纹的脸，此刻却光滑得如一面镜子，映照了人的良心。

父亲拄着拐杖，费力地拨开人群，蹲下来，为老人掐人中穴，原来老人中暑了。老人醒过来，向父亲道谢，颤颤巍巍地站起来，像一盏在风中摇曳的蜡烛，随时都有可能被吹灭的危险。父亲递给老人一根拐杖，“拄着点儿走吧，能稳当些。”

“谢谢，那你怎么办？”

“没啥，我这不是还有一根吗，我只是断了一条腿，一根拐杖足够了。”

瘦小的父亲渐渐高大起来，早上明明刚和他比过个头儿的，可是现在却觉得自己比父亲矮了不少。

人群出奇地安静，不知道这些围观的人此刻心里在想些什么，大概是被父亲的举动惊到了吧。

没了拐杖，我本以为父亲会摔倒，可是父亲没有，虽然在那里有点儿摇晃，但却像一棵树，只是摇晃而已，不会倒下。因为他的脚下有根，很深很深的根。

人群并没有散去，开始有人伸出手来，一双，两双，十双……枯藤开始发出了新芽儿！

我们太习惯“事不关己，高高挂起”了，各扫门前雪，整天一副麻木不仁的模样，灾难来临时的呆若木鸡，邪恶当道时的熟视无睹，都会令你的灵魂左右飘忽，摇摇欲坠。

父亲让我懂得，每个人都需要一根善的拐杖，使自己的灵魂不至于在风雨飘摇的尘世摇摇晃晃。

一根善的拐杖，可以让你的人生站得稳当一些。

母亲的风景

母亲的糖尿病越来越严重，导致她的视力迅速下降。我们做了种种努力，去了很多医院都无济于事。看到我们愁容满面，母亲竟主动开导起我们来，“就算看不见东西了也没啥，不耽误吃不耽误喝的，而且还少看到你们毛手毛脚的，也就省了我唠唠叨叨，还不好啊！”我们苦笑，我们都习惯了她的唠唠叨叨，从最初的厌烦到后来的接受，再到如今的眷恋，母亲的唠叨已成了我们灵魂里的音乐，不敢想象，等有一天她不再唠叨，我们的生命将会失去多少可爱的音符。

哥哥姐姐们商量着要带母亲去旅游，只想让她在失明之前看看更多美丽的风景，为她的记忆里添加更多的东西。那样，她的记忆里总不至于那么枯燥吧。我主动提出领着母亲去，因为平时太忙，数我陪母亲的时间最少，而且兄弟姐妹们当中，母亲尤其是最偏爱我的。

我把工作安排好，请了两个月的长假，准备陪母亲去游览祖国的大好河山。母亲自然是欣喜万分，不住嘴地唠叨起来，“你平时那么忙，这怎么说请假就请了这么长的假呢，快和妈说说，是不是工作不顺心了？”

“再忙也没有陪妈妈重要。”从小就嘴甜的我总能哄妈妈高兴。

我们大包小裹地上路了，一路上，因为母亲眼神不好，照顾起来十分不便，但我仍然很快乐。母亲看我忙里忙外的，很是内疚，在车上尽量不喝水，因为怕上厕所。

北京、西藏、云南……两个月里，我带着母亲去了很多地方，母亲每到一个风景胜地，都如饥似渴地睁大已经有些模糊的眼睛使劲地看着，努力要把整个世界都看进眼里的架势。我则不停地为她拍照，母亲在每一个镜头里都笑靥如花。

那一刻，我感觉母亲年轻了许多，脸颊上仿佛镀着少女的红晕。

每次回到旅店，母亲都要从头开始，一点一点把当天看到的风景在脑海里过一遍。

“知足了，一辈子都没看过这么好的风景。”她喃喃地说。

母亲多容易满足啊，我心生内疚，平日里忙来忙去，总是抽不出时间陪母亲看看风景，而现在，母亲的眼睛累了，就要关紧这扇窗户了。

路走多了，母亲的腿肿胀得难受，我为她打来热水泡脚，一边为她按摩，一边兴致勃勃地计划着下一步要去哪里。母亲听着听着就睡着了，我不知道，自己这样的强迫算不算一种不孝，因为这样的奔波实在让母亲有些吃不消。

这就好比是强行往母亲的脑海里塞一些回忆的碎片，这到底有没有意义呢？

我也累了，很快就睡着了。迷迷糊糊中做了很多梦，梦见了小时候，手握着风车，和母亲一起在田野里飞奔，母亲把我高高地托起，转着圈儿，阳光被卷进风车里，一朵朵阳光像棉花糖，温暖甜蜜得让人晕眩……不觉得在梦中吃吃地笑出声来，蒙眬中感觉到一双手被暖暖地握着。是母亲，安静地坐在我的床边，我偷偷地把眼睛眯个小缝儿，看见母亲使劲地大睁着眼睛，定定地看我，仿佛要把我整个地印进心里去。想起儿时，母亲也是习惯这样看我的啊，那时候经常停电，母亲总是拿着蜡烛，到我床边来，总是要认真地看我一会儿，直到我睡着，在梦的波浪里卷起幸福的鼾声。

我的眼泪不由得就流了出来，在母亲眼里，自己的孩子才是世界上最美的风景啊，可以令她美滋滋的，一生都看不够。

我忍着不让母亲看到我醒来，我喜欢被她的手握着，这双沟壑丛生、粗糙干硬的手，牵引的却是我柔暖光滑的一生！

第二天，我们养足了精神，接着去看风景。在半山腰，我们坐下来，我问母亲今天的风景好不好，母亲说，“孩子啊，就算妈看遍了天底下的风景，也不如看你啊！只要有你在，哪里都是好风景。”

是啊，这就是母亲，她看到的哪里是什么风景，她看到的全是自己的孩子。当你牵着她的手，就像小时候她牵你的手一样。她知道她得乖乖地听话，她不能辜负了你的这份孝心。

这就是母亲，就算摸索在黑暗的谷底，也会有力地握着孩子的手。如果我觉得寒冷，她宁可敲碎自己的骨头，为我燃起一堆大火，为我取暖。

我知道，从一出生开始，我们就已深深地烙印在母亲的生命里，即便母亲失明了，儿女们也是她时时可以见到的风景。

原来，母亲的记忆从来就不需要填充，因为孩子们早已将那里占得满满，不留一丝缝隙。

一只蓝色鸽子的忧伤

他被遗弃的时候，大概4岁的光景。那是个凛冽的冬天，风长了牙齿，要吃人的样子。茂祥老汉是在公园的长椅上捡到的他，当时的他，差一点就要被冻僵了。

茂祥老汉是个孤苦无依的人，靠捡垃圾收破烂维持生计，这凭空多出来的一张嘴，使他本来就难熬的日子雪上加霜。但茂祥老汉并不觉得悲苦，反倒觉得死水般的生活忽然荡起了幸福的涟漪。

那些日子，他每天都哭哭啼啼的，为了哄他高兴，茂祥老汉养了一只鸽子给他玩，这只鸽子成了他的童年里唯一的玩伴。

鸽子是蓝色的，天空和大海的颜色，自由的颜色。他喜欢这只鸽子，鸽子也喜欢他，每天不时地蹲在他的肩头，伏在他耳边“咕咕”地叫着，仿佛两个贴心的人在窃窃私语。

茂祥老汉说，你那么喜欢这只鸽子，那我以后干脆就叫你“蓝鸽”吧。

蓝鸽不爱说话，只有捧着鸽子的时候，才会喃喃地和鸽子说，“小鸽子，你告诉我，妈妈在哪里呢？”茂祥老汉听着心里难过，发誓一定要替他找到他的亲生父母，并把他完好无损地送回去。

茂祥老汉常常把他举过头顶，妄图让他够得着蓝天，抓得住白云。他的手里拿着老人给做的风车，老人迅疾地转着圈，风车在他的头顶呼啦啦地转。那一刻，他觉得自己仿佛长了翅膀。

好心人施舍的一些吃食，老人不舍得吃，都要拿回来给他。看着他狼吞虎咽地吃着，老人就会很欣慰，用手摩挲着他的头，仿佛这就是他的亲骨肉。

平日里茂祥老汉每天晚上喜欢喝一口，也是为了解解乏。但为了蓝鸽，他把这唯一的一点嗜好给戒了。老人用自己辛辛苦苦攒下的钱供他上学，给他买好看的书包，一身很体面的衣服。但所有这一切，都不能掩盖他的忧伤。

日子一天天过去，蓝鸽慢慢地长大，成了一个阳光般的少年。只是，他依旧沉默，他越来越断定，自己是被遗弃的。

几年来，茂祥老汉不停地在报纸上为他登着寻人启事，可是始终没有人来和他相认。

终于有一天，一个穿着很体面的男人敲开了茂祥老汉的门。

“请问，是您在8年前，在人民公园的长椅上捡到了一个孩子吗？”来人很焦急地问，“能不能让我见见他？”

茂祥老汉仔仔细细地打量了一下这个人，感觉他好像是个有文化的人，面相也不那么奸猾，就让蓝鸽出来。

那个男人打量了蓝鸽不足5秒钟，就激动地把他紧紧抱住，“对不起，对不起，爸爸整整把你丢了8年。这8年，让你受了多少罪啊！”

蓝鸽却挣脱出来，他指着衣衫褴褛的茂祥老汉，他说，“你错了，这才是我的爸爸。”

那个男人和茂祥老汉详细说了当初离弃孩子的原因，他说当时他的老婆和别人私奔跑了，而他又刚刚失业，他动了轻生的念头。可是孩子是无辜的，他不能让孩子跟他一起去天堂。他就把孩子放到公园里，希望能有好心人把他收养。他自杀未遂，被人救下。等他要回去找孩子的时候，孩子已经不见了。

“这些年，我每天都在思念他啊。”一个大男人说到动情处，竟然掉下了眼泪。

茂祥老汉仔细打量着他和蓝鸽，发现他们长得还真像。他断定，这个人就是蓝鸽的亲生父亲。

他让那个男人先回去，他来劝说蓝鸽。

他说，他是你的亲生父亲，他会疼你爱你的，你跟着他回家吧。

不，你才是我的爸爸。蓝鸽很倔强。

这么多年，他找你找得很苦，他也不容易。

可是我走了，你怎么办?

我没事，你没来的时候，我不是也好好的吗?

可是我真的舍不得你啊。

那你就把这只鸽子带走，想我的时候就用它给我捎信来。你不知道，这是个地地道道的信鸽哩!

蓝鸽使劲儿地点点头。

蓝鸽就这样被亲生父亲接走，去了相邻的另一个城市。

那一夜，戒了很多年酒的茂祥老汉重新拿起酒瓶子，一个人喝了满满的一瓶酒，酒后的他咯了很多血。他在屋子里一边哼着蓝鸽经常唱的一首歌儿，一边老泪纵横，不住地用手抹着脸。他想，这孩子，就是他救下的一只鸽子吧，他应该有属于自己的蓝天。这样想的时候，心便释然了。

从此以后，茂祥老汉每天都坐在墙根儿，等着那只鸽子，捎来蓝鸽的消息。

一天傍晚，那只熟悉的鸽子果然飞回来了，落在他的肩头。他打开绑在鸽子腿上的纸条，看到了下面的话：

爸爸，在我回来之前，求你一定要坚强地活着!

我之所以选择跟他回家，是因为我要从他那里拿到一笔钱来给你治病。你以为我不知道你的病情，其实我什么都知道，医院给你开的诊断我偷偷地看到了，那上面有我最不愿看到的“癌”字，那一刻，我感觉整个世界都凝固了。我咒骂上帝，他怎么忍心让这么好的人得了绝症。不过请你相信，爸爸，这并不可怕，让我们一起加油打败它吧。还记得我们的约定吗？我说在我考上大学的时候，我要领着你到我的新校园去看看，我要让所有人都知道，我有一个多么伟大的父亲！所以，为了那个约定，求你一定要好好活着，等着我回来。很快！

茂祥老汉的手颤抖着，心却是暖的。他以为把病情隐瞒得天衣无缝，没想到蓝鸽什么都知道。

茂祥老汉终没能等到蓝鸽回来，在一个阳光灿烂的早晨，他微笑着离开了人世。死的时候，他望着蓝天，那里有鸽子飞翔过的痕迹。

茂祥老汉下葬的那天，人们发现，一只鸽子飞到他的坟头上，久久不愿离开。

那只鸽子是蓝色的，天空和大海的颜色，自由的颜色。

向日葵

墙高得挡住了风，挡住了季节，挡住了一棵向上生长的心。

一个晒太阳的囚犯，闪着光秃秃的脑袋，呆呆地注视着刚刚粉刷过的墙皮，好像在阅读一张旧广告，孜孜不倦。

洁白的墙上什么也没有，除了他光秃秃的背影。他却在孜孜不倦地读，似乎读出了整个世界。

囚犯每天出来放风的时候，都会呆呆地注视那面墙。士兵向监狱长报告，说他有轻生之念。在这之后的一段时间里，监狱长绞尽脑汁，想出各种各样的办法，试图打消囚犯的轻生之念。他请艺术家们来演出，请心理学家给他讲故事，他还精心伪造了一封已经与囚犯离了婚的妻子的来信，信中涂满了温柔，可这个小把戏最终也被囚犯看出了破绽，“不知道是谁拿我寻开心，”囚犯说，“你看写信的这个日子。”监狱长看见信的落款写着“四月一日”，不禁骂起自己的粗心来了，怎么选了个“愚人节”写这封信？

就在监狱长一筹莫展的时候，情况发生了一些变化。在靠近墙根的地方长出一棵向日葵来，那是高墙内唯一的绿色。监狱长奇怪地发现，那个囚犯不再盯着那面墙看了，而是把目光转向了这棵向日葵。“这是最后的机会了。”监狱长忽然又看到了希望，他叫人把那棵向日葵用一个围栏围了起来。

向日葵一天天地在长高，监狱长在囚犯的眼神中看到了一棵小的向日葵。

监狱长的心暂时平静了一些，现在他要做的，就是让人无论如何也要看护好那棵向日葵。

一天深夜，狂风伴着骤雨席卷而来，电线全被吹断了。在这之前，上级曾来电命令，严密看管狱中囚犯，以防他们越狱。果然不出所料，有着轻生之念的囚犯趁混乱之机，带上几根早已准备好的绳子，向墙外爬去。由于匆忙，绳子没有系牢，他重重地摔了下来，却摔在一个人的身上。

那个人是监狱长，他被砸得不轻。原来，他怕大风把那棵向日葵吹倒，怕骤雨将一颗向上生长的心熄灭，所以用身体护着那棵向日葵，碰巧将这个越狱逃跑的家伙逮个正着。

“你护着这棵葵花干吗？”囚犯自认倒霉，并有些不解地问道。

“因为它给你带来过希望，不是吗？”监狱长说道，“迟早有一天，它会高过这面墙的。”

第二天，监狱长并没有向上级汇报囚犯越狱这件事，只是简简单单地汇报说，一切正常。

监狱长领着囚犯的孩子来看他，囚犯不敢相信一个犯人的孩子竟然有那么多人来关爱。监狱长在囚犯入狱那天起就把孩子接到了自己家里，并给了孩子以全方位的照顾。“你看，孩子期末考试考了个双百呢！”囚犯握着试卷的双手在抖，一滴泪在纸上迅速洇开了，形状竟像一个展开笑脸的葵花。

向日葵又长高了，需要仰望了！

一天，监狱长拎了一瓶酒来找他，“庆祝一下”，监狱长说，“向日葵终于高过那面墙了！早上我特意搭梯子量过的。”

囚犯真正快乐起来了。向日葵长高了，他的心也一点点靠近了太阳。

监狱长在向日葵生长的地方刨出了一小块地，然后发给监狱里的囚犯们每人一粒葵花籽。他让他们种下一个希望，让向日葵和他们的心一起生长，一起品咂出快乐的滋味。

囚犯出狱的那天，监狱长在身后送他。监狱长生得很矮，给人一种很敦实的感觉。可是阳光却将他的影子抻得很长，像一株顽强的植物，像那棵向日葵，高过墙的向日葵 。囚犯冲着他长久地鞠了一躬。当他转身走掉的时候，那个向日葵的影子却像穿了鞋子一般跟着他走，走进阳光中来，走到生活中去。

一面墙的皱纹

一面墙生了皱纹，是阳光把树的心思画了出来；一朵云生了皱纹，是动了要流泪的心。

这个世界有很多墙，一面墙就是一部书，记载着一个个故事。翻墙而过的盗贼，偷走了粮食和珠宝，也偷走了光阴；越过墙头的春心荡漾的红杏，看到外面的景致，是否也有了“城里的想出来，城外的想进去”那样的顿悟；一个少年，在那上面精心地绘制了一张少女的脸，许多少女把那张脸当成了自己，羞红着脸，匆匆而过；有点文艺情结的年轻人，会在上面写上几句让人似懂非懂的诗歌，花里胡哨的几行字；也有孩子，写上几句儿歌，或者一些骂人的话，这里可以抒情，也可以宣泄；月亮也常常借它的身体，藏很多人写给它的爱言情语。

也有龌龊的人，喝多了在那里呕吐，尿急了在那里小便，墙不发一语，皱纹却加深了。

身在国外多年的阿光在电话里问我，那面墙还在吗？小时候我还在那面墙上写过骂你的话呢。我也笑了，我说我也是。我们曾经彼此咒骂，却做了一辈子要好的朋友。

电影《一夜风流》里有一面耶利多哥墙，让男人和女人意乱情迷却又不得不点到为止。哀伤缠绕着两个彼此深爱的人，但最后那面墙终于还是倒塌了，它告诉人们，只要去爱，根本就没有障碍，那时你会发现，貌似强大坚固的墙，不过是一条羊毛毯子而已。

皱纹，在墙上蜿蜒爬行，很少有人知道，那皱纹里珍藏着多少美好的旧光阴。

两个青梅竹马的爱人，一个在这边，一个在那边，彼此不言语，只是不停地敲着墙，每次都是不多不少的三下。那是彼此在告诉对方：我爱你。

女孩靠着墙，羞赧地微微抬起了头，向对面的男孩献出了她的初吻。那是曾经的美好。老人们常常感叹：可惜了这女人啊，都是因为那负心的男人……

现在她已经变成一个疯女人，总喜欢在那面墙上写信，每次信的开头，都会毫不避讳地写着“亲爱的”，她写信的时候，专心致志的样子让人觉得是正常的人，可是每次写完后，她就会疯起来，因为她要把刚刚写好的信撕掉，她就拼命地抓挠那面墙，直到上面染满鲜血。

一枝火红的玫瑰，影子悬在墙上，有些人认为那是另一朵花儿，有些人觉得那是一块灰褐色的不大不小的伤疤。

墙，是最斑驳的镜子，每个人都曾经在那上面寻找过自己。

老人们蹲在墙根下，用那里的余温聊以度日。家人喊吃饭也不肯回去，告诉小孙子给他捎来一个馒头，就着阳光，也能吃得津津有味。

一头猪偶尔也会过来，靠着墙，蹭蹭它的后背，然后拱拱墙角的一捆烂草，发现没有可以吃的东西，哼哼唧唧失望地走掉。

一只老鼠会从墙根探出头来，趁人们打盹的当口，以迅雷不及掩耳之势飞奔而过。

蚂蚁们也不闲着，在地上捡拾着从老人嘴角掉落的馒头渣。

深秋的时候，墙上面爬满了青藤，也爬满了瓢虫。那为数不多的几日，是它们的盛世，我甚至能感觉到它们的欢歌。这些会爬的扁扁的黄豆粒儿，每一粒儿都文了身。

孩子惶恐地望着它们：是黄豆粒儿成精了吗？

人、猪、老鼠、蚂蚁、瓢虫……自己过自己的，多好，其乐融融，一副繁荣景象。

墙虽然阻挡了我的视线，但它却是我的翅膀。墙在我窗前投下巨大的阴影，却令我更加热爱仰望阳光。

我在墙的身体上，看到了岁月的斑驳。

模糊的，不堪回首的经年往事，在墙的缝隙里恣意生长。谁能确定，那一根根倔强的草，不是你当初执拗的心呢？谁能确定，那无意间开出的牵牛花，不是流年里你曾经遗落的笑脸呢？

一面墙，尽管生了无数的皱纹，但终究还活着，替我们记录着那一切。可是现在，它就要倒下了。一个“拆”字就是它的天涯，它寿终正寝前的判决书。

作为少男少女的笔记本，它将被撕碎；作为老人的回忆簿，它将被毁掉；作为某段岁月的停靠站，它将被迁移；作为一面镜子，它将要支离破碎。

面对突如其来的劫难，它无力反抗。曾经依偎过它，用它取暖的我们，也是哑口无言。

我唯一关心的是，它倒掉的那一刻，那些皱纹是不是就完全舒展开了呢？

就像我的祖母死去的那一刻，脸上的皱纹消失了，那是一直揪着她的岁月，终于放了手。

祖母活着的时候，很老。死去的时候，很年轻。

狄金森关上了门

有一天，我问一个人："如果一个人选择一种完全自闭的生活，他是不是会早早地枯萎？"

他和我说："也许是的，但对有些人是例外，比如诗人狄金森。"

狄金森在经历了几段感情挫折后，看透尘世，把自己与世界隔绝开来，如同一个女尼一般，常年幽居在一个偏僻的房院里。她的那些惊世骇俗的诗歌，都是在这样的环境里写出来的。

天下有几人，把孤独当成财富？狄金森算一个。

狄金森关上了门，独飨孤独的宴，那孤独完整得如同一块蛋糕，没有掉下一块儿碎屑。

她躲在房间里，不停地自言自语，把以前的回忆磨了又磨，直到它们剩下棱角分明的几件。像一个盲人，对自己的房间了如指掌。

她坚信，越是黑暗的地方，离真相才会越近。

不再恨什么人，也不再爱什么人，她只爱她自己，和她的诗歌。

狄金森关上了门，她把世界关在了门外。她不停地和死亡对话，因为死亡是她的另一个房间，是她唯一的一个如影随形的伙伴。

她望着月亮，她能从月亮里抽出绫罗，就像情窦初开的时候，能从爱人的心茧里抽出丝绸一样。

狄金森关上了门，是因为她不想看见漂泊在外的自己的影子。

她像个慢慢走近河水的人，越来越深的水顺着她的身体上升，直到把她完全淹没。随即，一颗孤傲的灵魂浮出水面。

尼采也是孤独的，孤独的尼采的思想和世人距离太远，所以他的作品无人欣赏，不能赢得世人的丝毫了解。对此，他说：“孤独像条鲸鱼，吞噬着我。”这是尼采苍凉的呐喊，发自心底的叹息，但他也说：“我的时代尚未到来，有些人要在死后才出生。”

库切也是孤独的。他只喜欢用文字诉说他对世情的观察，他与读者的沟通只限于作品。他不爱出风头，很少接受采访。30多年来，他对外界关于他“孤僻”“冷漠”和“反社会”等的指责，从来不屑一顾。他也曾说过：“一生中，我一直颇成功地远离名气。”

马尔克斯也是孤独的，他在《百年孤独》里所创造的马孔多小镇，就是一个浓缩的世界，纷繁复杂，光怪陆离。沉默到极致爆发出呐喊，而琐碎之至折射出其中简单到惨白的孤独。“他们透过窗户看见无数小黄花如细雨缤纷飘落。花雨在镇上落了一整夜，这寂静的风暴覆盖了屋顶，堵住了房门，令露宿的动物窒息而死。如此多的花朵从天而降，天亮时大街小巷都覆上了一层绵密的花毯……”

多少人都是害怕孤独的，唯有那些高贵的灵魂，却把孤独当成了盐，当成了钙，当成了维生素，令他们持续着灵魂的健康和伟大。

狄金森关上了门，尼采放下帘帷，马尔克斯合紧窗子，库切熄了灯……他们退居到自己的内心，那里干净、清爽，无一丝恼人的尘屑，伟大的孤独如同缓慢升起的月亮，他们在那纯白的骨头里压榨着稀有的骨髓，用来供给他们余生的所有营养。

凌晨两点的烟花

有时候，人对这个世界的感知就是这样奇怪，有的人穷尽一生，也无法领悟一二，而有的人，短短一瞬间，或许就已参透了生命的玄机。

写作到深夜，去厨房冲了杯咖啡，把窗子打开一条缝，夜里微凉的风挤进来，如一个无家可归的孩子，急着钻进我的怀里取暖。我不敢把窗子全都打开，因为我不敢放太多寒冷的孩子进来，我暖不了那么多。

就在我要关窗的那一刻，我看到了烟花。一朵，两朵，三朵……无数朵烟花，正在用自己的粉身碎骨，把黑夜炸开一个个鲜艳的口子。

这个夜，我写出了精美的辞章，有咖啡喝，还有烟花可看，真是幸福的事。

顺着烟花的方向，我知道，那是水库边上的广场，很多人都喜欢在那里放烟花，自然，也都是选择情人节或者七夕节来放的多，也有很多富二代们不在意节日，只要女孩子喜欢，他们就会毫不犹豫地买来一大堆烟花，甚至雇人去燃放。我想，此刻一定又是哪个阔少在讨好自己喜欢的人吧，只是，凌晨两点，这个时间段选择得有些特殊，因为自我搬到这里来，还从没有在凌晨两点看到过烟花。

烟花持续放着，没有熄灭的意思。于是我决定去水库边走走，看看这一对儿贪玩的人，是怎样的浪漫。

我只看到了一个人，是的，一个人，一个男人，伴着那烟花明明灭灭。并没有香车和美人，并没有音乐和香槟，只有手指间的香烟，只有男人向着天空发呆的凝望，样子很是好看。

那份绚烂的宁静是属于他一个人的，我不敢再往前一步，我不敢去惊扰。就站在原地，看着烟花燃尽，闻着一地硫磺的味道。

他是在怀念吗？一个特殊的日子吗？他是在庆祝吗？他喜欢的哪个球星又赢球了吗？我已不再关心烟花，我感兴趣的是那放烟花的人。他一定是个有故事的人，而有故事的人，都是美人。

第二天，小区里沸沸扬扬地传开来，说夜里有一个放烟花的人，在点燃最后一颗烟花的时候，跳进了水库，自杀身亡。

我真后悔，如果我可以多走一步，和他说几句话，或者带上两听啤酒，陪他坐上一会儿，哪怕他三缄其口，也好过暗夜里一个人的冷凉吧。没准儿，他就会选择留下自己的生命呢！

我永远无法知道他的故事了。知道了这样的结局，回过头再想那烟花，又是不一样的景象了，那烟花变得凛冽异常，与世界决裂般的呐喊。

他用这些烟花，在为自己送行吗？

其实，若想知道这个男人的故事，不是很难，派出所的人就会给你讲得头头是道，临了还不忘叮嘱你一句：有啥想不开的，好好活着，可别做这傻事！我却忽然失去了刨根问底的兴趣，这大概就是我只写散文不写小说的缘故吧。

小说家们是断断不会错过这一个绝好的题材的吧，那么，就让他们去挖掘好了，对于我来说，到此为止。一个男人，离开世界之前，用一场烟花的盛宴，来为自己饯行，我只要这样一个画面，就够了。

他死了，“死了的人是美人”，顾城这样说过。

一颗苹果的心跳

诗人王建新说过：一个结巴则有可能是更诚实的，当我注意到他们在试图表达自己时，一个多余的词在那里所引起的痛苦。

张平就是那样一个结巴，不论说什么都不那么顺畅。可是也有意外，比如苹果，他在说这个词的时候，从来没有结巴过，总能很干脆地说出来。这似乎就注定了这一生，他与苹果的渊源。

“苹果，苹果，苹果……”他感谢苹果，庆幸有这样一个词语不让他难堪，还给他一份男子汉的自尊。

同学们都不喊他的大名，都叫他“小磕巴”，每次别人这么喊他，他的头都会低得很低，仿佛闻得到脚下土地的味道。但是有一个例外，班级里有一个从来不叫他“小磕巴”的人，也是他唯一的一个朋友——“许冬果”。

母亲总是在他的书包里放一个苹果。而他，每次都会把苹果送给这个叫“冬果”的女生。她是一个家境很不好的同学，父亲在工地出了事故，导致下身瘫痪，常年卧床。全家只有靠母亲一个人给别人家做保姆挣钱艰难度日。每天放学后，冬果会去一个小饭馆打零工，她只想替母亲减轻一点负担，小小的肩膀扛起了无比沉重的生活。

他拿出苹果，在袖口蹭了蹭，递给女孩子，说：“苹果，吃。”如果他要说“吃苹果”，就会结巴，会说成“吃……吃……苹果”，而这样主谓倒置地说，他就可以掩饰自己结巴的窘相。

冬果推脱着不要，他却硬生生地塞进她的口袋，很多次都是这样，那一刻他显得很是霸气。

冬果就一次次地把苹果带回家，给病床上的父亲吃。

冬果不知道该怎样表达对他的谢意，就常常主动辅导他学习。冬果学习好，而他虽然不是最差，但也总是在中下游徘徊。

高中那三年里，他总是用苹果表达着对她的喜欢，而她，就用帮助他学习表达着对他的感谢。

转眼就高考了。冬果收到了大学录取通知书，而他名落孙山。他倒是没有太多失落，因为他知道自己半斤八两，考不上大学也是意料之中。而冬果呢，虽然考上了大学，却一脸的哀愁。“爸爸的病又严重了，我实在不忍心看妈妈那么辛苦，我不想上这个大学了，我想早点去找份工作，替妈妈分担一些。所以，请你替我瞒着这个消息，别和我妈说我考上了，不然妈妈不会让我不念的。”

他的心里泛过一丝酸楚，他为她感到可惜，那是多少人梦寐以求的大学啊，怎么可以，就这样放弃了。他在心里对自己，也对冬果说：不!

那一刻他觉得自己是个真正的男人了，他说出了自己的计划，让冬果去上大学，至于学费和冬果家里的生活，他来想办法。

他费尽了口舌和父母亲戚们说情借钱，还和家里人保证，自己两年之内肯定会如数还清这笔钱。

这么大一笔钱，冬果不肯接受，为了让她安心，他说这只是暂时借给她的，等她工作了之后再还给他。

“记着，还有利息的啊。”他和她开着玩笑。

“嗯，一分不会少。”冬果应着。

冬果走后，张平一天都没闲着，他说服家人，承包了后山的一片果园，短短的两年工夫，就收到了成效。他在给她的信里说：“我天生不是读书的料，种苹果还行。苹果又熟了，你能回来吃吗？我给你留着最大最红的那个呢！”

冬果说要利用假期出去打工，时间对于她来说真是太宝贵了。

有一次读信的时候，他惊喜地发现，他和她的名字加一块儿，竟然就是“苹果”两个字。这么多年他都从来没有注意过，难道这是上天刻意的安排吗？是冥冥之中的某种暗示吗？

他喜欢她，却一直不敢表白，现在，就为了这份巧合，他决定试试运气。

他鼓足勇气，决定要向她表白。那封信写得真是艰苦，整整一夜，写了撕，撕了写，天亮了，信上却只有一行字：“能否‘热爱’苹果，像‘热爱’我一样？”他刻意在热爱两个字上加了引号，是想告诉她，这不过是在开一个试探性的小小的玩笑，免得让她看了之后会尴尬。但是最后，他到底还是没有勇气把这封信寄出去。

大学毕业后，冬果在当地一家外企做了白领，很多有钱人追求她，她总是一笑置之，婉言相拒。

没有人知道她在等什么。她自己知道，她在等一颗苹果。

三年没见，她更是亭亭玉立楚楚动人了。他的头低得很低，仿佛闻得到脚下土地的味道。

本来就有口吃的毛病，现在因为紧张，就更是囧态十足了。他不敢开口，就那样看着她，憨憨地笑。忽然，从怀里掏出来一个又红又大的苹果给她，干脆利落地说“苹果，吃”。

她笑了，接过苹果，并没有吃，而是放到胸口，她说她想感受一下这颗苹果的心跳。

他没有鲜花，没有豪车，他能给她的，也仅仅是这一个光洁鲜艳的苹果了。

而她就是选择了他的苹果。

开着豪车的富家子弟一脸不屑，却也有些摸不着头脑，“难道，就因为这一个苹果？如果你喜欢，我可以给你买一车。”

“不”，她说，“这颗苹果是特殊的，因为它有心跳！”

我是一棵孤立无援的树

雨下着，世界暗淡无光。无法从悔恨的眸子里走出，无法知道光怪陆离的城市哪一处是陷阱，哪一处是禁区，我将所有的鞋子束之高阁，我不走，站立成孤立无援的一棵树，尽情地在往事的墙上捕风捉影。

我被时间赶进黄昏的栅，带着一颗被阳光丢弃的灵魂，一块被丢弃的刚刚擦过眼泪的纸巾。我不走，和那些怕潮湿的火柴一起缩在火柴盒里，惊恐地张望这个暗淡无光的世界。

思念是唯一没有熄灭的火焰，是唯一能冲破这重重雾霭，飞奔而去的鸟。在离夜的门槛大约几步远的地方，雨停歇，满天是血，不知又有多少喜欢发誓的人撞破了额头。

我是一棵孤立无援的树，不走动，不炫耀，浑身长满思想的叶子。

我的心，犹如一只盛满陈茶的杯子，再不能注入清新的水了。可是，当我看到夜里那一点点瘦弱的光亮慢慢地聚集，聚集成一盏灯笼时，我还是被它们点亮了。举着自己的心，蹚过夜的每一条河。那是萤火虫在用它们纤弱的身体指引灵魂的飞翔。它们随着风跑，随着风把梦想播撒，随着风浪迹天涯，随着风坠向山谷。

仿佛听得见微弱的歌声在夜里瑟缩着传出，这一刻，我高兴得战栗了起来，如同鸟儿在树梢挠我的痒。

“我是一棵秋天的树，稀少的叶片，显得有些孤独。偶尔燕子会飞到我的肩上，用歌声描述这世界的匆促；

“我是一棵秋天的树，枯瘦的枝干，少有人来停驻。曾有对恋人在我胸膛刻字，我弯不下腰，无法看清楚；

“我是一棵秋天的树，时时仰望天，等待春风吹拂。可是季节不曾为我赶路，我很有耐心，不与命运追逐；

“我是一棵秋天的树，安安静静守着小小疆土。眼前的繁华我从不羡慕，因为最美的在心不在远处。”

裹在我身上的那些忧郁的丝绸正在一点点地剥落，仿佛一根蜡烛的熔化。在这个月光普照的世界上，我把爱包扎好，重新放回心里。我知道，孤独让我受尽苦难也让我倍觉幸福，让我过于燃烧也让我十分宁静。比起每天都要挨一刀，每天都要抚平伤口的橡胶树来，我的痛苦早已微不足道。

我是一棵孤立无援的树，不走动，不炫耀，浑身长满思想的叶子。

我敞开胸襟，尽力挽留过往的风，挽留星空下一个个美好的梦，一颗颗忧伤的心灵。可是，从人那里传出的吵闹声把我惊醒。我是树，是上天派来镇守一方静谧与安详的，可是人破坏了这一切，他们在我的脚下摆满贡品，有的来认我做干爹，替他们打扫红尘中飘飘落落的烦恼；有的来许愿，替他们了断一生一世难了的情债。人，为什么仇恨总比恩泽难以忘却？为什么欲望之壑总是难以填平？为什么金钱看似一张纸，其实是一堵墙？为什么说一座座楼房就是一只只鸟笼？为什么有人身居豪门，一掷千金，有人却在流亡的路上，没有梦想没有祝愿？为什么有人妻妾成群子孙满堂，有人却孤苦伶仃无依无靠？为什么有下岗有失业有不断高涨的离婚率？为什么有贪污有抢劫有日渐升温的犯罪新闻？为什么不停地给谎言鼓掌给犹大佩戴勋章？为什么长久地给欲望加油给撒旦扬撒鲜花……

生命一闪即逝，来不及多想，口袋里可能就多了一个需要怀念的名字，洇湿手帕。阳光依然浩浩荡荡，无边无涯地普照，给所有生命一个公平竞争的机会。人，你不该抱怨，你躲在阴影里是你愧对生活，你紧闭门窗挂上帘帷是你内心有悔。是花朵就该搬到阳台上来，是人就该和灵魂步调一致，排队领取阳光的恩赐；人，你不该挥霍，你可能拥有无上的权杖华丽的城池，但你不能阻止光阴之水从你身体的裂缝中流出。不能把拥有的一切贴上封条推进冷库，防腐保鲜。人，你要珍惜，哪怕你手中仅仅握着一枚叶子，那上面也一定刻着季节的珍贵留言；哪怕你身边只剩下一块石头，它也会告诉你这无常世事里一些光阴的秘密。

我是一棵孤立无援的树，不走动，不炫耀，浑身长满思想的叶子。

我可以断掉所有的臂膀，但却不能停止歌唱。我要用歌声安慰我身上的鸟，不让它们受到任何惊吓；我要用歌声把遥远的乡下的蛙声粘住，放进流浪人的一只只口袋里；我要用歌声收拢起慢慢飞行的睡眼惺忪的天使们的翅膀；我要用歌声把幸福与平安的消息向人世传达……

太阳出来的时候，受了潮的火柴纷纷从火柴盒里探出头来晾晒。一阵风吹过，我不由得笑出声来，因为鸟们又在树梢上挠我的痒了。

梦是夜的花朵

最近孩子睡觉特别早，而且总是说梦话，像是在和一个人聊天的样子。

自从孩子的妈妈去世后，我感觉到她明显地变得不愿意说话了。以前那个好动的女孩子一下子变得文文静静，连走路似乎都没了声响。我多么希望她还像以前那么淘气啊，到处翻弄她收藏的“破烂”，自己玩“过家家”，把自己的屋子搞得像个猪窝，让你跟在她的屁股后面不停地收拾和埋怨。现在，她的屋子干干净净的，却少了一份孩子该有的活泼。

在妻子离去的日子里，我常常被思念撕咬着心。但我尽力不让女儿看到我的悲伤，我总是趁洗脸的时候，把泪水偷偷地运送出去。但孩子似乎一下子懂事了，她怕惹起我的伤感，很少和我提起她的妈妈，甚至，她书桌上那张她妈妈的照片也被她放到了背面，正面是依然阳光灿烂的她自己，在花丛中璀璨如一只欲飞的蝴蝶。

我给她租各种动画的碟片，在电脑上下载游戏，想尽办法让她玩。可她好像突然对这些都不感兴趣了，每天回来就埋头写作业，心无旁骛。然后就嚷嚷着要睡觉。

对于女儿的变化，我有些惴惴不安，担心长此以往，孩子会生病的。周末的时候，我领她去吃肯德基，她一个劲地问我几点了。我对她说，今天是周末，作业可以明天写，今天晚上可以多玩一会儿。她却很坚持原则，用不容商量的口气对我说，8 点半必须要到家。到家后，孩子看了看钟表，连澡都没洗就迫不及待地钻进了被窝。我有些疑惑，女儿小小的心里似乎隐藏着什么秘密。

我想孩子的心理一定出了毛病。我偷偷领她去看了心理医生。医生说她是典型的忧郁症，是由于失去了最亲近的人所导致的。医生建议我多陪陪孩子，那样有利于孩子早日从伤心的泥沼中爬上岸来。

她生日的那天，我领她去溜旱冰，难得看到她那样高兴。女儿聪明，学什么都快，我带了她两三圈，就能自己慢慢滑了，看着女儿像一只刚刚长满翅膀的雏燕，跃跃欲试，学着飞翔，我的眼底便蓄满了泪。孩子，这才是你应该过的生活。那些生存的苦难，不该是你这样一颗幼小的心灵应该承受的啊。

可是她并没有忘记她的睡觉时间，滑了一会儿，她就问我几点了。我故意骗她说刚刚 7 点。她玩得很开心，笑声璀璨，如圣诞的烟花。

回到家的时候，她看到闹钟上显示已经 10 点多了，马上问我是不是她的闹钟出毛病了。我点着她的小脑袋，笑着说："傻瓜，爸爸骗你的。今天是你的生日，又是周末，就是想让你多玩一会儿。爸爸很久没陪你了……"没想到她还没等我说完，就"哇"的一声大哭了起来，令我手足无措。

"今天是我的生日，妈妈看不到我，会很伤心的……"她伤心地哭着说，"在医院最后一次看妈妈的时候，妈妈在我的耳边说，每天晚上 9 点都会到我的梦里来看我，我们还拉钩了呢。"

原来，这就是孩子所有的秘密！

我眼前浮现出临终的妻子那张苍白虚弱的脸上尽力露出的微笑，看到她艰难地伸出她的小指，和她的女儿拉钩，许下的她们相约的诺言。

她们约定：每天晚上 9 点，在梦中，不见不散。

为了这个约定，女儿始终坚持每天晚上 9 点之前睡觉。

我为女儿铺床的时候，一眼便看到了她的妈妈。原来，女儿把妈妈的照片放到相框的背面，是为了能在睡觉的时候更近地看到她啊。看来，我们一直都未曾失去什么，我们依然可以快乐地活着。梦真是一件神奇的宝贝！白天丢掉的，在梦里可以拾捡回来；现实中没有的，用梦可以补上。

夜里，我蹑手蹑脚地去女儿的小屋，小心翼翼地给她盖被子。我怕惊动她，她现在一定在和她的妈妈玩耍，或者赖在妈妈怀里缠着妈妈给她讲故事呢。我看着她甜甜地微笑着的脸，在那个梦里，慢慢绽放成花朵。

母亲的补丁

最近动了给母亲换眼睛的念头。用我的一只眼睛，换母亲的几年光明。

咨询眼科医生，医生说理解我的心情，也理解我的孝行，但是很遗憾——行不通。

因为糖尿病并发症导致的眼盲，是无法复明的。我的愿望终是一厢情愿，落了空。

愧疚让我的灵魂生了洞，母亲的眼睛做手术的时候，我因为一个案子缠身，无法陪在她身边。母亲跌落到黑暗里，抓不到我的手，她的心，该是多么忧伤！

以至于后来，我总有那样的想法：如果当初我在母亲身边，手术是不是就会很成功，母亲的眼睛是不是就不会失明了呢？

尽管医生告诉我，母亲的眼盲是“大势所趋”，手术不过是把那个黑暗降临的时刻向后延迟了一小截而已。

但我依然无法原谅自己。

一直以来，都是母亲用惦念、安慰和爱，缝补着我生活中的一个个伤口。失恋的时候，母亲陪我出门旅行；与人争执的时候，母亲“护犊心切”，帮亲不帮理；下岗的时候，母亲陪我喝酒聊天……她像一块朴素的补丁，给我以种种安抚和慰藉。是我难过时候的开心果，阴冷天气里的暖炉，停电夜里的一盏煤油灯……

母亲是所有人心灵上的补丁。可是多少人，一边享受着温暖，一边嫌弃着那块补丁的“碍眼”啊！

因为淘气，新买的衣服刮了一个大洞。母亲缝补的时候，虽然做了巧妙装饰，但毕竟是一块补丁。那时候尽管依然很穷，可是大街上已经很少看到带补丁的衣服了。没有别的衣服可换，只好强忍“悲痛”穿着去上学。只盼它尽快多破几个洞，早早谢幕，可是它偏偏坚强得很，很长时间都没再受过伤，这“补丁”压在我身上，如同压在孙悟空身上的五指山，让我那颗敏感的心喘息不止，生怕别人投过来的白眼和嘲讽。

母亲似乎感觉到了我的不自在，那个春天，去乡下给人插秧挣了点儿余钱，给我买了一件崭新的衣服。我从那“五指山”下蹦出来，恨不能一下窜到云里去。

儿时，听到母亲最常说的话就是：孩儿别怕，妈妈在呢。

什么都不可怕，什么都不必惊慌，因为有母亲在。在母亲看来，悲与喜，好运与苦难，不过是左眼到右眼的距离。“左眼跳财右眼跳灾”，母亲说，“没啥大不了的，今天右眼皮跳，有点难过的事儿，明天没准儿就左眼皮跳了，好事临门呢。”

从此，我微笑着生活，因为心里已经揣下一本豁达的爱的圣经，它的光芒，比雪更加刺眼，比太阳更加永恒，那是我人生的方向。

而善良，是母亲给我的更珍贵的馈赠。

母亲是出了名的热心人，邻里谁家有个大事小情，母亲是必保到场的。谁家若是有了难处，母亲知道了，哪怕紧着自己，也要拉人家一把。有一次，吴姨家儿子相门户，需要招待女方的家人，大米不够用，过来借。“这可是大事儿，咱可得招待好人家，不能让人觉得咱太寒碜了。”母亲的慷慨劲儿如潮汹涌，一股脑儿把家里的大米都给吴姨拿上。那个时候粮食定量，要凭粮票购买的。害得我们那个月早早就断了粮，只能吃些土豆和母亲平时晒的干货，艰难度日。

母亲这块巨大的补丁，谁家有了“难”的缺口，她都会急切切地往上扑。

我受伤的时候，母亲是我的补丁，是我的创可贴，让我完好如初，可是她自己却破碎了，破碎得千疮百孔。痛风，就像有风从骨缝里穿过一样，牙也快掉光了。母亲忍着疼痛，和我开着玩笑：“我这破身体啊，就像个茅草房，四处漏风。”

无法帮她缝补这四处漏风的身体，眼睛却又雪上加霜地坏掉了！这成了我灵魂里永远的缺口，在她最需要我的时候，我却没能握紧她的手，对她说，“妈，别怕，我在呢！”

我多想自己也可以做一块神奇的补丁，把这痛苦的缺憾弥补。

我把愧疚说给母亲听，母亲轻拍着我的手，只说了一句“傻孩子”。仅此一句，我就清清楚楚地听到了母亲心里的话——

我看不见你，但我还摸得到你的轮廓，闻得到你的气息，什么都没变，妈妈一如既往地爱着你啊！

一棵草咬住了秋天

一棵草咬住了秋天，是的，咬住了秋天。秋天真的就站在那里，不再往前一步。

它紧紧咬住秋天，它在向命运交涉：你向我借的是春天，缘何要还给我一个瑟瑟的秋？我要的是绿意，而不是枯黄啊！

秋天太丰满，草的腮帮子鼓胀胀的，它咬住的，实在是金黄的亿万分之一。

为了能让秋天走得慢一些，一棵草殚精竭虑，别无他法。唯有用自己的一腔赤诚，紧紧咬住秋天。

秋天会有一丝疼吗？这亿万分之一的痛，能让秋天再逗留多久？

一棵草，只是咬住了秋天。这个世界的坚硬，它不想触碰；这个世界的冷峻，它不想战胜；这个世界的诱惑，它不想陷入。上帝恩赐它的身边没有战乱，没有利斧，上帝恩赐它以弱小和短暂来体会自己存在的美好。也许是因为它不是玫瑰，才不渴望高贵的陪衬；也许是因为它不是茉莉，才不嫉妒其他的花香；也许是因为小草天生一棵小草的心，它顺从自然，而不使世俗过多地来为难自己。只是，它也有它的留恋，它紧紧咬住秋天，哪怕让秋天多停留一秒。

因为饱满过后，秋，会很快地开始瘪下去。

就像一个倔强的人，终于向生活妥协。曾经的精致已不可寻，如今只剩素面朝天，不施粉黛，靠着门框，和风说一些不着边际的话；就像一列倚在城垣席地端坐的老人，借着夕阳的余烬取暖。多取一份暖，便可多抵挡一阵暗夜的寒。

一棵草的身旁是一棵小树，支撑着病恹恹的天空。叶子曾经涂得很绿，花儿也涂了红唇。可是它们再俊朗、再妖娆，也抵不过一丝凛冽的袭扰。

它虽然是一棵草，但路口的那些野花，是断然抢不走它袖口的芳香的。

它的信念是：可以是一棵草，但必须是紧紧咬住秋天的那一棵。

那是一种深入灵魂的热爱！

秋天捂住胸口，做了一个短暂的停留，这已足够，一棵草可以心满意足地垂下头颅。看着秋天里每一个劳作的人，那是一幅幅生动的油画，质感细腻，背景丰盈。看着秋天的米，在阳光的护送下，一粒粒回到了各自的家。

时光可以把燕子变成雨点，也可以把雨点变成燕子。更多的雨点一哄而散，纷纷撤离。在那四散开来的奔逃里，它分辨不清，哪些是翅膀，哪些是灰烬。一棵草的眼里，即便是灰烬，也香艳无比。

最后，它或许会成为稻草人身上的一根筋脉，随着原野越来越空旷，它的忧伤，也渐渐显露，欲盖弥彰。却强忍着不让那滴泪落下，它说它要把泪磨成来世的种子。

麻雀答应它，要留下来陪它。麻雀停落在稻草人的肩头，与它窃窃私语。感念丰盈的旧日时光，慨叹即将到来的萧条与凄凉。

麻雀的胃里，只剩下三五颗麦粒儿，可是更凛冽的北风就要来了。

一棵草，不想那么快的枯萎，它用尽全力，咬住秋天，让自己在秋风中进行最后一次舞蹈。就像那些向生活妥协的，卸了妆的佳人，就像那些蜷缩在墙角，向太阳取暖的老人，那不也是一棵棵咬住秋天的草吗！尽管芳华不再，尽管那牙齿已松动甚至脱落，可是依然努力地咬紧生活。

一棵草咬住了秋天，秋天何尝不是也在咬紧一棵草呢！

第五辑

灌木丛上会落下星星

牡丹的高贵，晚菊的沧桑，清莲的冷傲，都躲不过，凋零。

那么，何不趁着盛开的时节，蹲下来，与它们把盏言欢，耳鬓厮磨。

所有的鸟都无法躲过白天

人的一生，很多东西是无法躲避的。比如炎热和寒冷，比如白昼和黑夜；比如蚊蝇乱舞，比如一地鸡毛；比如有阳光就无法躲避阴影，比如有君子就无法躲避小人；比如一朵花盛开之后，就躲避不了枝枯叶萎；比如一盏茶沏开之后，就躲避不了人走茶凉。

既然躲不过，何必刻意去躲？

每个人背后除了被太阳拉得长长晒化了的影子，还有一团灰白的阴影，里面是野心、欲望、爱情、虚荣、痛苦杂糅成的故事。

你躲不过那些故事。

一朵兼修了美艳与芳香的月季花，若有了思想，又怎肯面对一角无人探寻的荒凉，将芳香尽失于无人来嗅的冷清？

你是它的知己。你一手捧着它，一手握着命运，寻找你自己的香。你若想闻到月季的香，就躲不过命运的袭扰。

只要能在有生之年遇到你，我愿意花光生命里所有的运气。除非你，对我避而不见。

而此刻，我安静得就像一粒伤心透顶的灰尘。我无法躲避，一阵风的推波助澜。

天上的星星看起来都挤在一起，其实每一颗都离着十万八千里。有些人靠得很近，心却隔着一片海。

距离，是一种无法躲避的陌生。

杰洛米·贝斯拜在自己的小说《这个男人来自地球》中塑造了一个被时光遗忘的男人，这个男人便也因此得以永生，他用了一万四千年的时间，百年为期，四处迁徙，所经之处，皆成故乡。

被时光遗忘的男人，他躲不过的，也是时光。

顾城说，没有一只鸟能躲过白天，正像，没有一个人能避免自己，避免黑暗。

我踮起双脚，天空却离我更远。

我的灵魂赖在春天的床上不肯梳洗。我无法躲避，春天对于一颗鸟一样的心灵的诱惑，它跃跃欲试，它振翅欲飞。

牡丹的高贵，晚菊的沧桑，清莲的冷傲，都躲不过，凋零。

那么，何不趁着盛开的时节，蹲下来，与它们把盏言欢，耳鬓厮磨。

亲爱的，我们都躲不过对方，是时间把我们拼凑到一起。我们是彼此的背面。彼此的根。

一只鸟落到哪里都是树，两只鸟落到哪里都是家。

我落到哪里，就在哪里为你生根发芽。

有一句拉丁谚语：交配过后，一切动物都忧愁。所有的高潮都是与低潮相匹配的，一个人不可能永远处于高潮的中心地带，人生还需要平复，需要喘息，需要放下。

你躲不过这无尽的忧愁。

诗人陈先发说，“被制成棺木的桦树，高于被制成提琴的桦树。”

这是思辨之语，生死总比艺术要深沉得多。

即便你挺拔如桦树，也躲不过倒下的一刻。

一个害怕单身的人，到处和伤口相亲。

而我仍旧无法躲避孤独。

在鲁院的时候，我喜欢自己一个人，拿着篮球，在球场上孤独地投篮。

那一刻，我觉得空阔的是自己的心。很惬意，仿佛又回到追风的少年。

我并非对篮球多么情有独钟，我爱着的是这份执着。记得很多年前读过一篇小说，写的就是一个人痴迷于一个人练球，他的技术非常好，可是篮球是团体运动，需要几个人配合才行。一个人的技艺再好，也终究无法获得胜利。

他在那份孤独里练就了一番技艺，却终究无法脱胎换骨。孤独是命运的馈赠，有些人却用之不当，暴殄天物。

生活给了你一地鸡毛，那就把它们捋顺好了，扎成一把鸡毛掸子，回身去抽打生活的屁股。

你躲不掉的，就拿过来，烹成美食，酿成芳醴，调成琴弦，研成墨汁。

在无常的命运面前，需要自度，需要自救，自己做自己的恺撒，指挥千军万马；自己做自己的佛陀，宠溺内心的莲花。

饭碗是我们一生的窝

祖母去世的时候，父亲特意找了一个破碗盛满碗的饭，然后在上边插上香，放到灵前。问其缘由，父亲说，这是为了让祖母明白，这个碗永远都不用了，是属于她一个人的了。

一只碗，就这样成了送行的最佳道具。比起悲凉的唢呐，我觉得一只碗，更温暖些，更能慰藉那些失去亲人的人们的心。

祖母走的时候整整九十岁，是属于喜丧的。在我们这里有一种习俗，人们喜欢在喜丧上偷碗。据说那样可以带来“寿气”，让带碗走的人也长命百岁。当然，最好是百岁老人的喜丧，但我们这里很少有人活那么大岁数，祖母的九十岁，已不多见。喜丧后，碗被偷走很多，害得我们有一段时间无碗可用。

小时候因为碗，没少在饭桌上“受虐”。要么是敲打碗的边沿儿，被父亲拿筷子抽打了手背，父亲说只有乞丐讨食的时候才会这样做；要么是吃完饭把碗扣过去，挨了父亲一顿训斥：只有死了的人不用碗了才把碗扣上。当时只觉得这说法有些怕人，现在想想，饭碗扣上，如同一座小坟丘，真的不是很吉利的呢。

“那么扣肉呢？你还不是照样吃得满嘴淌油？”如果换了现在，我定用此来顶迷信父亲的嘴，一只碗盛肉，另一只碗倒扣在上，才最大限度地保存了肉的香气。两只碗紧密配合，才蒸出那么一碗好肉来，让年有了年味儿，让贫瘠的日子有了对油水的展望和回味。

祖母走了，祖母的饭碗倒是可以扣上了，一起扣上的还有绕梁三日而不绝的唠唠叨叨。

我们敬畏饭碗，因为它是我们生命最直接的表达。人要活着，果腹为先，吃不饱肚子，其他什么都得靠边站。

大年夜，打碎了碗，母亲赶紧过来拍拍惊吓中的我，嘴里念叨着“宝儿不怕，碎碎（岁岁）平安”；结拜后的兄弟大口喝完一碗酒，然后摔碎，这是既已结拜，永不反悔之意；现如今，就连安身立命的工作也被以饭碗来划分级别：金饭碗、银饭碗、铜饭碗、铁饭碗、泥饭碗……一切都以“吃饭”为根本；连一句广告语“快到碗里来”，都成了热度极高的网络用语，这碗，真的是无时无刻不与人息息相关啊！

有这么一个稍有些“荤”的段子：古代时一土豪的漂亮女仆摔碎一碗，主欲惩罚，仆下跪，乳微露，主性起，携至厢房了却好事，不予追究，并赐钱十文。哪想，次日女仆又叫醒午睡的主，告又碎一碗，主又成全她，再赐钱十文。此后碗常碎，并求主严罚，有时一日碎三碗，主年事已高，难以招架，遂将家里的碗碟全部换成铁的，并下令该女仆从此不用工作，薪饷照发，偶还有小费相送。“铁饭碗”由此得名。此乃笑谈，却也可以看作是对当下人们过度热衷于各种“饭碗”的一种讽刺吧。

诗人张绍民说，饭碗是我们一生的窝。它一翻身，就成了坟。

饭碗是我们一生的窝，多么形象。一个人的生和死，通过一个饭碗，就可以如此清楚地表达！

与生命息息相关的碗，是儿时的玩伴，长大后不发一言默默陪伴的挚友，衰老后的念想，死后的坟，一生蜷缩在里面找食和取暖的窝。

不管是你吃饭用的饭碗，还是你工作的饭碗，都请怀着敬畏之心对待吧，敬畏饭碗，就是敬畏自己的良心。

妻子做好饭，盛好满满的一碗，端给我。举得高度不够，离眉毛尚有一段距离，不过看在晚餐丰盈的份上，我不予计较。接过，并大快朵颐。辣子鸡、焖刀鱼，别愣着了，快到我的碗里来！

你看到的月光是有限的

睁开眼睛的时候已近黄昏，夕阳像一面镜子照着我的一生。而我并不为此悲伤，霞光褪尽，夜色升腾，总还会有一弯月亮在，哪怕是弯弯浅浅的一抹，我也会将它当做一根银色的簪子，插在头上，试图拢住那些慢慢逝去的光阴。

黑暗将最后一滴光明一饮而尽，夜便有些醉了，摇摇晃晃地扶着一串串路灯，那路灯，便一盏盏地亮了起来，仿佛被它喝掉的光明，正在一点点地被吐出来。

哪里会有永远的黑暗啊！我笑着，依稀看到了明天的光明，以德报怨，将最后一滴黑暗一饮而尽。

敞开的窗户就像是夜晚竖起的耳朵。

那个夜里，我伏在桌子上写诗，一阵风拨楞着夜的耳朵，轻轻吹拂着那 16 开大小的一片小小雪地，稿纸上的诗行就犹如轻灵的小兽们留下的踌痕。

月亮升起，如同一个准时的赴约者，默默地读我写下的诗篇。

一阵风最后离去，带走了房间里的一些尘灰，月亮迟迟不肯离去，它说还有一段朦胧的诗没有看明白。

“哪一句呢？”我慢慢地翻，慢慢地想，一定是这一段：

月光，美人鱼一般游进来
我捂着脸，羞怯地躲到暗处
端过一盆清亮亮的水
从头到脚
我要认认真真地清洗
不然月光会嫌恶
会很快地从我身边游走

我是真的，怕月光从我身边游走。

人生，有一半的时间是在夜里，我真想移过一盏灯来，好好看看亲人们熟睡时的样子。我要她们躺在我点燃的月亮下，懒懒地翻一个身，微微地打鼾。那样的幸福，足以令我在无数个日子里，娓娓道来。

月光多美，这就是我喜欢夜的原因吧。

世界静了，灵魂才真正热闹起来。音乐和诗歌，轮番来抢那支麦克风，在轰鸣的胸腔里，制造繁华。而我，只需要一杯酒和几滴墨水。用酒，把该忘记的忘记；用墨水，把该铭记的反复记载。

不喜欢白天。白天，我们被五花大绑走在大街上，被强迫着向金钱膜拜，被强迫着说出——真诚就是傻瓜。

所以我更喜欢躲进夜里。在夜里可以反思一些事情，懂得反思，人才是有救的。很多人的心思用在观察别人身上，有谁真正认真地对待过自己的现在呢？有谁关心过自己头顶的月光是柔和的，还是清凉的呢？

人们习惯的是泼冷水，如果能把月光泼过去，人们断然是极乐意接受的吧。

人总要时不时地敲敲自己的胸脯，问问自己的心脏，是否仍悬得端正。

碰上满月的时候，我们这个城市的路灯就会比平时关得早一些，这大概是欢迎月亮的最好方式了。大月亮地儿，大人们吓唬孩子说，不要说假话，因为一说了假话心就会变了颜色，就会被月亮照到，那月亮地儿里的鬼魂就会把那样的心抓去吃掉。孩子们果然老实了许多，乖乖地坦白了不少白天里的“恶作剧”。

再恶毒的人看到月光都是美的吧。当然，那头猪肯定除外。它在圈里拱来拱去，似乎在咒骂夜的漫长，于它，这个夜是煎熬，因为要等到天亮才有食物。

我不喜欢白天，大概就像饿着的猪，不喜欢夜一样。

邦达列夫常常想起一句话：月光并非照耀着每一个人。他自己也想不明白为何总是想起它，最后，他终于了悟，这句话里“并非充满欢乐，而是充满着对世界上许多在春天没有享受到月光的人们的哀痛”。

是啊，生命是脆弱的，充满着变数，那些意外就如同躲在暗处的子弹，发射出来令人猝不及防。生命中本没有多少月光是可以随意挥霍的，今夜，我们看到了月光，那就是福气啊。

所以，我现在的习惯就是，每天临睡前，都要走到阳台上，抬眼望一下夜空，如果碰上满月，我会张开怀抱，与它抱个满怀；如果是弯月，我会舒展眉头，报以一个深情的凝眸；如果是阴天或者雨天，我一样会报以一个灿烂的笑脸，因为我知道，那些厚厚的云层虽然会遮挡它的银辉，但遮不住它要捎给我的好消息：相信吧，明天会是个好天气！

所以，纵情享乐着的人们啊，请尽可能地从花天酒地之中抬起头来，揉揉你那被灯红酒绿迷乱的眼，望望空中时远时近的月亮。多看一眼，你的眼睛就多了一份澄明，多看一眼，你的灵魂就多了一份润泽。

你看到的月光毕竟是有限的啊！

雪是善良的骨

雪，我思念你。从四月三日清晨落下最后一瓣的时候，我就开始思念你，直到十一月十日的傍晚，你的归来。221天，隔着十二场春雨，一千亩夏花，隔着十万片火红的秋叶，我一直在思念你。

想来，我还是爱你的啊，不可阻挡，不舍昼夜。从你落到我身上的第一瓣开始，从我此生，知道你叫雪的时候，就这样痴爱了，迫不及待地要去和你相拥。你我今生的约定，你不早，我不晚，我们刚好，在这一刻相遇。雪，我的爱人，无论春花秋月怎样纠缠，最后，我仍然是要扑向你的怀抱的啊。

这是我固有的宿命，此生无法更改。我要去你的洁白里洗净残污，去你的浩渺里抖擞胸襟，你不要停，不要收起翅膀，哪怕仅此一夜。

“下了雪，就不要去走山了吧，路滑，不安全。”妻子劝我。

我哪肯回头，就是因为下了雪，我才必须去。我不知道，我对雪的无限柔情，会不会引起妻的嫉妒呢？

公园的山路上，洁白一片。我双脚踩上去，初雪在我脚下发出声响，仿佛与我倾诉着离别后的想念。

雪是最善良的骨。铮铮之心，却是绵软之身。它是怕砸了我们的头，硌了我们的脚吧。

山路上很少的几个人，都是爱雪的吧。

一个老者说："这脚踩着雪的声响，很像我这犯了颈椎病的脖梗子，一晃起来嘎吱嘎吱的。"

一个小孩子，大概是他的小孙子吧，从他身边跑过，喊道："谁说的，你听，这明明像我在放鞭炮啊，噼里啪啦！"

老人眼里的雪是衰老的，孩子眼中的雪是年轻的。

一个踽踽独行的老妇人竟然唱起了歌，她唱的歌和雪有关："洁白的雪花飞满天，白雪覆盖我的校园，漫步走在这小路上，脚印留下了一串串……"

我想她定是因为雪而想到了什么吧，青春年少时的一次懵懂的爱恋，抑或因为雪而魂牵梦萦的情节。一场雪落下，可以覆盖她的前世，也可以绽放她的今生。

一对年轻男女在前面慢慢走着，我听见男子对女子说，"人少也好，人多，雪踩得就实了，明早上清扫工们扫起来就费事儿了。"

这是悲天悯人者眼中的雪。我想，这才是真正爱雪的人呢！

雪，不像某些场迷人的雨，下完之后就现出彩虹。但我还是喜欢被雪擦拭过的日子。这是一种有骨气的干净。

雪，不惧怕冬日的阳光，因为冬日的阳光，拿它没办法，没有办法融化它。倒是我温热的手掌，可以令它瞬间瘫软。于是我陷入困惑，我爱它，是该摊开手掌还是合拢双拳呢？

开悟的人自会劝我：庸人自扰！你不是雪，怎么可以断定在掌心融化不是雪的一种幸福呢！

如果你爱雪，就婉拒一个酒局，去雪地里打个滚儿，告诉它你有多想它吧；

如果你爱雪，就推掉一个会议，顶着无数片雪花，给妻儿捎回去一份便当；

如果你爱雪，就不要在雪里和人吵架，你看，当着雪的面，这多煞风景；

如果你爱雪，就不要在雪中说脏话，要说“请”，说“您”，说一切和雪般配的词；

如果你爱雪，就把车子开慢点儿，也不要因为别人的慢而不停按你的喇叭；

如果你爱雪，就不要把手伸进别人的口袋，不属于你的那一片雪地，就莫要觊觎；

如果你爱雪，请点起火炉，邀知己一二，饮玉液二三，赏雪舞漫天。

如果你爱雪，请让它落进你的灵魂里，哪怕一瓣，也好。

前路无人行走，纯白之上一个脚印都没有。我亦折身返回，为明早的清扫工留一段容易清扫的路。我试着小跑起来，带动着雪和我一起奔跑。那一连串的声响，的确像极了鞭炮的炸裂，这算是我与雪久别重逢后欢庆的礼炮吧！

每朵花都有它自己的价格

那是个很特别的花店，之所以与众不同，是因为店主在给花朵标价的时候，不是按照它的名贵程度，而是按照它所代表的不同意义。

比如兰花、水仙、百合，常常是看病人用的，他就卖得便宜些，因为那代表一种安慰。

比如红玫瑰、郁金香，是送给爱情的，他就卖得贵些，因为他觉得可以给浪漫加加价。

比如康乃馨、忘忧草，是送给母亲的，他也卖得便宜些，因为他觉得能想到给母亲买花的人，那颗心自然是无法用金钱衡量的。

他把这一套理论当成店旨，裱在框里挂到醒目的地方，久了，人们都知道小城里有这样一个“另类”的花店。

我想大量批发一些花，问及能否所有的花都折成一个价。他一口回绝了我：“不可能，每朵花都有它自己的价格。”

只此一句，令我再不敢生出讨价之心。

我不禁有些替他担心，花店这样做下去怕是要亏本的，比如，精明的人若熟悉了这里的规则，会来这里选购便宜的但别的地方卖得贵的花，然后再到别的花店去买相对便宜而这里卖得贵的花，又或者，讨巧的人，来这里买便宜的花，拿到别的地方去卖高价，长此以往，迟早要“关业大吉”的吧。

对此，他并不过多解释，只是淡淡地说，买花和卖花，有时候都只是凭着一种真诚的心境而已。

事实证明，我的担心完全多余，出乎我的想象，这个花店一直开着，而且生意红火。

人们喜欢来这里选购鲜花，大概看中的就是那份对自己心灵的忠诚吧。

或许是因为自己有了一些成就感，越发对一些人和事看不过眼，总觉得一个人要活出价值才有意义。比如一个发小，人过四十，还在单位里干着杂活，不求上进，除了上下班之外，整天宅在家里，迷恋在游戏中。我说过他，这么大的人了，能不能收敛一点儿玩心，闲置的时间那么多，为什么不能兼职做点儿啥呢，哪怕每个月多赚个千头八百的，不是也可以改善改善生活吗?

他憨笑，挠挠头说，我也没别的能耐，让我兼职我也不知道做啥，我也就这么点儿爱好，打打游戏感觉生活也很美妙呢。

奇怪的是，多年来的这种状态，他的妻子并没有厌烦，有时候两个人甚至并肩作战，在网络里大杀四方。对此，我也只好无奈地摇头。

其实，生活是他们自己的，过得怎样，是否惬意也只有他们自己知晓。我总是在拿“成功”的标准去衡量和要求他们，但不一定每个人都幻想“成功”，有的人享受成功带来的喜悦，有的人畏惧成功带来的烦扰，所以，各安天命，你走你的单行道，我过我的独木桥，每个人按照每个人的轨迹，或疾驰，或慢行，顺其自然，殊途同归。

每个人都有权选择自己的生活方式，我们要养成一种平和自由的心态，能够对自己不了解的东西报以宽容，能够对自己不赞同的观点报以理解，能够对自己不喜欢的事情报以尊重。当你遵循着自己的一套生活方式时，不该轻视别人的另一套生活方式。你可以去做一只特立独行的猪，但不能要求大家都活得独树一帜，那样岂不是要天下大乱！

既然人家已经感到生命的美妙，那么为何还要对他人的生活有所苛责，何必非要用一个所谓成功的框框把人套进去呢！况且，成功的意义对于每个人都有所不同，赚了足够多的财富就是成功吗？住着别墅开着豪车出入高级酒店就是成功吗？名声大噪众星捧月就是成功吗？或许在另一些人眼里，成功仅仅是一种幸福感，是每天可以自由欢畅，随心所欲地或歌或哭，是把日子过得滋味别具。

就像那个特立独行的花店老板，按照花朵代表的不同意义而标价一样，你的钱或许可以买到玫瑰，但不一定可以买到月季。每朵花都有它自己的价格，你自以为的“价值连城”，在另外的人眼里，或许“一文不值”。

经得起回味的暖

老人的一生，应该说是凄凉的。如同他那瘦削的背影，缺脂少肉，找不到一点幸福快乐的痕迹。就连他房檐上的月亮，似乎也总是弯弯的窄窄的，不曾为他圆满一次。

从他 30 岁开始，就在不停地失去他的亲人。先是父母，后是妻子，最后连他唯一的孩子也没能幸免。厄运一生与他结怨，纠缠不清，苦难的闪电一次次试图摧毁他，他却始终没有被击倒，那是一颗怎样坚强的心！

作为他 20 多年的邻居，我感受着他的那些无人能及的伤痛。不知道该如何安慰那样一个老人。每次都是欲言又止，怕会勾起他悲伤的记忆。可是老人所表现出来的平静，出乎我的意料。每次，他都会主动和我提起那些美好的过往。说到开心处，不忘爽朗地笑。仿佛那一切根本没有失去，没有走远，在他的心上活蹦乱跳着呢。

他说，命中注定，我和他们相聚的时间很短，但我珍惜了，我仔细认真地过每一个和他们在一起的日子。现在，只剩下我一个人，但我并不孤独。

你看，他们都还在。他抚摸着那些照片，喃喃地说，只是蒙了灰尘而已。

他的回忆里有很多温暖的场景：小时候和父亲下棋的时候，父亲总会趁他不注意，偷偷拿掉自己的两个棋子，然后美滋滋地看着他手舞足蹈地庆祝胜利；母亲在他哭闹的时候，总会不厌其烦地给他讲那个讲了不下几十遍的地主老太婆偷饺子的故事；妻子每个黄昏都会和他牵着手散步；懂事的孩子，8 岁的时候就为他做了一顿像模像样的早餐……

父母在的时候，他可以撒娇；妻子在的时候，他可以倾诉；孩子在的时候，他可以遐思……这一切都不在的时候，他就去回忆里找火柴，他将生命中那些最灿烂的景象定格在那里，定格成永不熄灭的炉火，暖着他冷凉的余生。

夏日里，一场雨连绵不绝，顿时冷了人的身心。急急地寻找外套加在身上，那些早已被收拾进衣柜里的“过去”，在这时，就蒙生出了许多陈旧的温暖和可亲……

此时此刻，我亦和这个老人一样，靠在回忆的壁炉旁取暖。回忆总是带着某种温柔的朦胧黄，就好像一卷很久未曾打开的羊皮卷，拍一拍甚至会有灰尘，却丝毫不影响那种熟悉的好感。这种好感无法用其他色彩表达，因为用昏黄就会嫌太黯淡，用金黄却又太张扬，影影绰绰的暖，总之一看就知道是来自回忆。

我喜欢在某个黄昏，到他的小屋里和他推杯换盏。我们成了无话不谈的忘年交。我被他感染着，由对生命的敬畏过渡到对生命的享受。老人并不绝望，从没有对暮年的悲叹，更没有对人生的失望。那些暖暖的往事，绝对不是为了衬托今日的孤苦伶仃，而应当是一个老人拾回生活的意义的过程。人有时总会困扰于“生活的意义是什么”这个问题，个人的生命短暂而渺小，尤其是当我们将出生看作死亡的倒计时。我们好像希腊故事里被酒神的仆人西勒诺斯嘲笑的米达斯王，忽然觉得人生意义全无。可是并非如此，这个老人帮我们拾回了生命的意义。人生还是有许多美丽的东西，不在开头，不在结尾，却在这两者中间，而我们就是为了去经历这些才存在的，哪怕经历的都是悲剧。

人无法阻止那些突如其来的厄运，有的人会陪你一生，有的人却早早离开，刚刚牵了手便要撒手告别。平安是最大的福气，所以人们每个夜里都要和自己的亲人朋友们互道晚安。

多少人离你而去并不重要，重要的是你为你的回忆添了多少柴火。那些暖，是否经得起时间的回味。

老人并不孤苦伶仃，因为他有回忆。美好而温暖的回忆，像灿烂的黄昏，停止在那里，永远不会滑到暗夜。

更多的时候，老人喜欢自斟自饮。

“叮！”

我看见老人用自己的杯子，轻轻地碰了碰另一个杯子，微笑着，微微地醉着。他的人生是冷凉的，但他的心，始终暖着。

因为他有那么多经得起回味的过去。那一刻，我猜，他的满足更胜往昔。

蚂蚁推了幸福一把

夏日的黄昏，在地面上总能看到那样的场景，一只又一只蚂蚁，往来穿梭，细细的触角上顶着一粒米饭，就像一个人扛着一袋大米那样，艰难却无比欢欣地奔向自己的巢穴。

我常常会为那样的场景愣神，一动不动地看它们良久，甚至替它们守护那样一个运送粮食的通道，不让任何一个过失的脚步毁灭它们删繁就简的生活。

有一天，看到一个叫付显武的人写了这样一首关于蚂蚁的诗，令我心生感动。

更多的时候是一粒米饭在搬动光阴
在熟悉的黄昏
一粒米饭顶着暮色慢慢回家

蚂蚁只是安装在米饭上的轮子
蚂蚁只是推了幸福一把

多么精确的描述，短短几行，却点中生活的要穴，为生活按摩，为生活止痛。

在蚂蚁眼里，生活就是一粒米饭，在我们眼里，又何尝不是。

那只蚂蚁何尝不是一个微型的我自己呢？每天早出晚归，为了生计奔波劳碌。在生活面前，每个穷人都扮演者“小马拉大车”的角色，前路漫漫，而且都是上坡。

即便如此，我的快乐依然无处不在。刚走进巷子，我家的狗就会跑出来迎接我，蹦着高的往我怀里窜。走到家门口，看着灯光明亮，闻着饭香弥漫，不管多累，都会抛却脑后。洗完脸，泡完脚，妻已把饭菜端上了桌，并烫好了一壶酒，陪着我慢慢地吃，唠唠家长里短。孩子迫不及待地拿出刚写的作文读给我听：我的爸爸，是天底下最辛劳的爸爸，为了我们的家，像蜜蜂一样勤勤恳恳，像蚂蚁一样忙忙碌碌……半杯酒没到，我已微醉，美美地看着妻和孩子，那是属于我的最美的风景。

其实幸福都是微小而琐碎的，温暖，闪着光芒。诗人大卫在鉴赏那首诗的时候阐述过这样的思想，他说：“你肯定见过一粒米饭在前进，因为它有一只蚂蚁作为轮子；你肯定见过山道上背着柴火艰难行进的母亲，因为她有慈爱作为轮子；你肯定见过天空在飘动，因为太阳和月亮是它两个不同规格的轮子；你肯定在生活面前流下过卑微的泪水，你肯定咬着牙前进，因为你的心是永不生锈的轮子。好好过日子吧，谁人不是一只蚂蚁？我们要做的就是把生活这粒米饭向前推进，哪怕只有一寸——那也是幸福的一寸。”

我愿意做那样一只渺小的蚂蚁，轻轻地，轻轻地，推着一个个叫作幸福的日子。

风是蝴蝶的翅膀

幻蝶是一朵孤独的红颜。一个在命运里颠簸的人。命运给了她美貌，却没有给她温和的风。

二十岁的时候，父母双双出了车祸，撒手西去。她从一个小康人家的乖乖女，变成一个孤儿。她心如死灰，想随着父母一道去了，自杀了两次，都被邻居秦风救下来。最后终于明了，剩下她一个人，也要把人世的路走遍，这是她诞生的全部意义。

在父母的墓前，她无数次地号啕大哭，“你们把我一个人扔下，我该怎么过啊？”

“别怕，还有我呢！”秦风轻轻地说。

秦风和她青梅竹马，打小就喜欢她，可是一直不敢说，总是默默地陪伴。

“我想离开这里，随便去一个陌生的地方。”她说。

“好，我陪你。”秦风毫不犹豫。

“那你怎么和家里说？”

“没事儿，我就说去外地闯一闯，闯出个名堂再回来。”

两个年轻人一拍即合，远走天涯。

幻蝶的嗓子好，会唱的歌也多，去酒吧做了驻唱歌手，秦风也跟着她在那里做酒保，虚心学一些调酒的技法，慢慢变成一个小有名气的调酒师。他倒是不在乎做什么工作，只想和她在一起，他是为了保护她而存在的。

喝多了酒的客人们，常常会打幻蝶的主意，用轻佻的话骚扰，或者想把她约出去，这种时候，秦风就会充分发挥他的聪明才智，巧妙周旋，总是可以很好地化解危局。

秦风对外宣称，他是幻蝶的哥哥。

有了这个哥哥在，谁要想打个歪主意，还真是不太容易。

秦风一直不敢对幻蝶表白，幻蝶也不敢确定，自己对秦风是不是爱，总觉得是依赖和感激多一些，至于那种怦怦心跳的感觉，倒是从来没有过，所以，她真的就把他们的关系界定为兄妹了。

秦风一直默默地做着这些，直到看着一个男人对幻蝶大献殷勤，而她这一次并不排斥。

那些日子，秦风痛苦极了。他觉得自己已经没有了存在的必要，因为那个男人几乎每个晚上都会来，每个晚上都有很大很大的一捧玫瑰送给幻蝶，当然，还少不了一杯上好的白兰地。一切似乎都已明了，幻蝶已经不再需要他的保护。

秦风把自己喝得酩酊大醉，他以为这样，就可以对着幻蝶说出心底的爱，可是，当他迎向她那张精致而高傲的脸的时候，还是低下了头。

他狠狠地抽自己的嘴巴，恼恨自己的懦弱。

而幻蝶呢，不敢确定秦风对自己到底是男女之情还是兄妹之谊，有那样一刻，她是恍惚的，她觉得她和秦风就是一家人，不是兄妹，是爱人，她觉得他们彼此都无法割舍，是融为一体的。

谁又能说，那份依赖不是爱呢！

只是，幻蝶也不敢和秦风挑明，她担心这份美丽的宁静会被破坏。

那个喜欢幻蝶的男人要带她去宵夜，她似乎有所征询地看了看他，而他没有理会，照例调着他的鸡尾酒。她赌气一般，随着那男人去了。

然后就碰到了一群混混，男人吓得丢下她跑掉了，惊慌失措的时候，她看到秦风冲了过来，一把将她拉到自己身后，无数的拳头砸向他，继而，一把刀子捅进他的胸膛，秦风倒在血泊里，像一片薄薄的叶子，缓缓坠落。她绝望的吼叫把夜的幕布撕碎。秦风艰难地握住她的手，“咕嘟咕嘟”冒着血的嘴里终于吐出“我爱你”，然后慢慢闭上眼睛。脸上一丝幸福的微笑，就此凝固。

从此，她的心再也没有其他人住进来，她喜欢一个人待在屋子里，那里是她一个人的舞台，她唱青衣，又演花旦。

她守身如玉，和岁月周旋。

她养了很多花，她和它们说话，说命运的吊诡，说世事的沧桑，说人间的冷暖，说风。

世人都有遗憾，那是与幸福一墙之隔的折磨。

命运的大风，如此急迫而凶悍，却无法伤害这只单薄的蝴蝶，她就像一颗种子，牢牢地扎根在记忆的土壤里。

风是蝴蝶的翅膀，只会让她飞行的轨迹更加曼妙。

那里并不晦暗，那里光明如初。她说她在喝一杯鸡尾酒，是用所有过往的光阴和风调制的。

她说，“如果我也为来生修行，我不指望神秘的力量将我的来世安排得一帆风顺。因为我已知道，造成今生遗憾的，不是做了失败，而是没有去做；不是爱了无果，而是没敢去爱。所以如果可以用修行换得一样东西，我不换命运，我只换一颗勇敢而执着的心！”

灌木丛上会落下星星

生命中有太多的刺痛和悲伤，使得那些美好更为深重。你是否依然愿意相信那些美好，并且等？

我愿意。

我愿意，我相信，灌木丛上会落下星星，冬天，穷人的房檐上，会铺满钻石。

我相信岁月，相信时针、分针和秒针，顺着同一个方向，分别如蜗牛、乌龟和梅花鹿的步子，追赶着看不见的美好。

我相信爱的存在，它温暖的是你日渐凋落的灵魂，也温暖着他人疑虑重重的眼神。

我愿意相信一个承诺，并且等。等待，使所有的冬天和生命温暖。

如果可以选择，身体的其余部分都可以老去，都可以被收割，唯有一颗心，请让我保持童真。我只想用这样的心，去贴紧世界，哪怕世界对我薄情，我亦不会寡义。世界广阔无边，但命运给予我的，是一条窄窄的小道。我不抱怨，容得下我的双脚即可，我一样可以漫步或者小跑。

这样，我会爱上一只鸟。死心塌地地爱上一只鸟。黑洞洞的枪口，通着地狱，我不怕；黑压压的暴风雪，会压垮森林，我不躲。我只想，在它的翅膀下安家，在它的瞳孔里，在它的喙里，睡下。一只鸟，从来都不会那么复杂。能飞多高就多高，它的歌声，不必穿过云霄，不必抵达殿堂。它们不会翻你白眼，它们不会泼你冷水，它们不会钩心斗角，它们不会落井下石。它们不会伤害你，除非你是一只虫子，挑衅一般，从它眼皮底下大摇大摆地爬过。

这样，我会心无旁骛地坐在窗边，看漫天的乌云黑压压卷过来。捉到闪电的一刻，我闭上眼，但绝不捂上耳朵，我把随之而来的炸雷，当成是我，迎接美好归来的礼炮。而之前的闪电，被我囚禁于内心的牢笼，那是独属于我自己的烟花。

这样，我会安安静静读完一首诗，听完一首曲子；拿一块最干净的手帕，擦拭所有花的叶子；会给蚂蚁搭一个过街天桥，让它们畅通无阻地搬运食物和光阴。

尽管通向美好的路，并非坦途，“匪患猖獗”，枝节横生。有人说现在的我没那么执着了，是件好事。我可以安然放下许多，一颗心好像也结了痂，看到一幕幕悲欢离合不再感叹唏嘘，不再为掉光了叶子的光秃秃的树杈而感到悲凉，不再为听到和看到各种天灾人祸而乍然心疼。练就了火眼金睛，一眼就能戳破煽情者戴的面具。也不在沿街乞讨的流浪儿童面前驻足不前，而是如风一般旋过，给那些可怜人的心头捎去一场不小的风暴。去火车站买票，一个抱着小孩的中年妇女满头大汗，想要插进排队的人群。孩子哭闹得厉害，排队的人置若罔闻。几次插队未果，中年女人略显尴尬，但我心里知道，该尴尬的不是她，而是我们。

一条毛毛虫，惹来一个女人的尖叫。毛毛虫就那么可怕吗？你可以穿着貂皮，戴着狐狸围脖，那么多毛茸茸的死去的动物皮毛穿在你身上，你就没有害怕过吗？

尽管如此，我依然相信，美好的列车，终会徐徐驶来。

你看，谁说交警只会开罚单，他们也会蹲下身，帮一个孩子把鞋带系上；你看，扫大街的阿姨，离老远就停下，等我们走远，再挥动扫把，她在扫去我们心上的尘灰；你看，一个西装革履的男人，帮一个骑三轮的老人推着车，我则牵着一个陌生孩子的手，走过马路。“朋友，你好！”我们擦身而过，互致问候。爱是可以产生对流的，善意是可以抱成团的。那个冬天，我们都不冷。

爱和信仰一样，相信，才能看得见。三叔家“二师兄”的爱是尽量将自己吃得白白胖胖，以便年关它的主人能多得几斤鲜肉多换几锭银子；二婶家芦花鸡的爱是挤对别的小母鸡多吃多占多下蛋；狗剩儿的爱，是可以为了祖母弄一副上好的棺木而将他老爸的绵羊皮袄偷偷卖掉；老妻的爱，是每日里不厌其烦地为她的男人炮制一顿可口饭菜外加一壶老酒；老夫的爱，是从不做饭也从不忘记对老妻的饭点赞……

能说出来的都不够美好，言语是情绪，有风波才会大声。真正的美好，都是无言的。像睡眠。我看着过去，也是无言的，像睡着了的过去。

那么，为了美好，此刻，请让我暂且闭上嘴巴。我去看望我的灌木丛，看看上面是否落下了星星！

别向我的月亮开火

兰德里和凯恩是不莱梅一个小镇上的两个“古惑仔”，他们的人生信条是：享受今天，挥霍青春。能在今天享受的快乐，绝不会留到明天。

因为年轻气盛，酗酒、打架斗殴对于他们来说，是再平常不过的事情。为此，他们也付出了代价，除了身体上的伤疤之外，还经常受到惩罚，偶尔会在班房里过上一两个星期。但他们丝毫不以这样的经历为耻，恰恰相反，他们以此作为炫耀的标签，在浑浑噩噩的青春里恣意妄为。

渐渐地，他们在当地小有名气，各自有了一帮小喽啰。俨然成了两个黑社会小头目，兰德里在东部称雄，凯恩在西边称王。

终于有一天晚上，因为一些矛盾，他们两个相遇了。自然，谁也不肯让谁，这是一场针尖对麦芒的较量。

两个“帮派”的人，眼看着一场火拼就将发生。大街上很多人都被这阵势吓到了，纷纷躲开，只有一个老人，安然自得地坐在他们中间，抬眼望着天空，没有半点走开的意思。

“喂，老头儿，快点离开这儿，我们要打架了。”他们冲着老人大声地喊着。

老人似乎没有听到什么，继续望着天空，嘴里哼着一些不知名的曲调。

“再不走，连你一块打。”他们嚷嚷着，惨烈的争斗眼看着一触即发。

“别着急孩子们，让我们来看看那个大浑圆的月亮，难道你们不想啃上两口吗？”老人诙谑地把月亮比作了熟透了苹果，并意味深长地说，“它可不是每天都这么圆的。”

闹哄哄的两个帮派忽然静了下来，接着，老人平静地一字一顿地说：“你们玩你们的，别向我的月亮开火。”

他们一下子都愣住了，不知该如何是好。不约而同地，他们都抬头看了看月亮。那天的月亮的确很漂亮：皎洁、圆满，闪耀着夺目的光辉！令人心底的邪念不由得后退了几步。不知道为什么，兰德里一下子想到了早晨的母亲，想到了她因为自己的无礼和冲撞而掉下的泪水。凯恩则想到了替自己受过的姐姐，想到了自己的无知带给家人的种种伤害。

月亮是无辜的，别向月亮开火。还有什么样的劝慰比这个更有说服力呢？凯恩主动向兰德里伸出了手，兰德里则拥抱了凯恩。

一句话避免了一场争斗，说来有些神奇，但世间就是有那样的一些转变，源于别人的一个简单的举动，哪怕是一句简单的话。后来，兰德里做了一名牧师，凯恩做了一名医生，与当初的行为大相径庭，现在的他们都是以服务社会、关爱他人为己任。这些转变，都源于那个夜晚，源于那个老人的那一句：“别向我的月亮开火。”

在之后的日子里，兰德里和凯恩成了无话不谈的好朋友，他们在各自的领域成功之后，千方百计地四处寻找当年那个“保护月亮”的老人。在他们看来，老人当时保护的并不仅仅是月亮，还有他们的心灵。

终于，他们在一家老人院里找到了他。他变得更老了，每天都要坐在轮椅上，靠别人照顾着生活。

在老人院提供的个人资料上，写着老人再短不过的简历：

老约翰，生于 1921 年。二战老兵，在战争中双目失明。

上帝阅读着尘世的每一个人

上帝阅读着尘世的每一个人，他把每一个人都当成了一本书。厚的、薄的？通俗的、经典的，还是无聊的？书是自己写的。对人生的理解、对家庭的理解、对爱的理解，都有着自己的思考。每个看上去普普通通的面孔后面，都会是一段段的传奇经历，一段段的曲折故事，一段段的心路历程。每个人都在用生命撰写着自己的那本书，无论高贵或卑贱、富有或贫穷、幸福或痛苦，就算只有自己一个读者，也值得每天抽出些时间来书写，总有一天你会发现这本书的价值。

网络作家南航在《每个人都是一本书》中写道：每个人都是一本书，父母是我们的出版社，生日是我们的出版时间，身份证是我们的书号。男人是汉书，老人是史书，军人是兵书，僧人是经书，多胞胎是丛书，离退休了是闲书，良朋诤友是参考书，那些以刺青、文身、彩绘为时髦的年轻男女是图书。如果你身高体胖，那是大开本；如果你小巧玲珑，那是袖珍本……每个人都是一本书，让坏人成为禁书，让好人成为畅销书，让我们用心血为墨写好自己，因为我们的印数都只一册，因此每个人都是绝无仅有的孤本珍籍！

每个人都是一本书，有些人的故事跌宕起伏，充满传奇色彩，上帝不忍眨眼地读，爱不释手；有些人的故事平淡无奇，但他懂得用优美的句子来装饰，上帝倒也愿意瞧上两眼；有些人把自己的书，记成了一本流水账，记成了一本枯燥的万年历，上帝翻着翻着，没了兴致，随手就将它们扔到了一边。

这个世界，有贵族也有平民，有宫殿也有贫民窟，有美人也有残障者，有些人不停地怪怨上帝不公，感叹自己生不逢时，命途多舛，龙游浅滩，虎落平阳，良马难觅伯乐……其实这些抱怨上帝充耳不闻，上帝只是个愿意看书的老头儿，他阅读着尘世的每一个人，你只有把自己的书写得精彩了，才能得到他老人家的眷顾。

人生总有一些时光在雾里

当一些雾蒙住镜子的时候，我照不清自己，灵魂也暂时没了着落。这时我才了解到透明的重要性。那些雾有些顽固不化，擦掉之后，在某个时间，还会不请自来。

即便如此，镜子上的雾也很少引起我的恼怒，有时，甚至会在那雾里写上爱人的名字，然后看着它慢慢消退，化成水滴。

我能想象到少女头上小小的一团雾水的美，那里面包含着如此多的内容，是惊讶，是迷惘，是大睁的杏眼，是张开的樱唇……

有时候，雾就像有灵性的猫，不停地窥测着人的心情，以使自己得到更好的宠爱。

透明应该是一个人最好的品德，但自从混沌初开，整个世间都是蒙着尘灰的，有太多的东西无法看透，大概就这样产生了智慧。

智慧就是慢慢看清事物的本质，让一切回归透明，可是透明了又怎样呢？

人类始祖亚当和夏娃偷吃了伊甸园里的果子，就好像强力剂一般注入了混沌蒙昧的两颗心。二人的精神世间顿时澄清了、透明了，他们的眼睛明亮了。他们开始分辨物我，产生了“自我”的概念，他们无比沮丧地发现，自己赤裸着身体是件羞耻的事情。于是他们用无花果的叶子为自己编织了裙子，来掩饰下体。当然，为这智慧付出的代价是，女人增加了怀胎时的苦楚，男人要终生劳苦，才能从地里获取粮食，而土地不时给他长出些荆棘和蒺藜来。

妻子在谈到婚外恋现象时颇有见地地对我说，男人们之所以喜欢外面的女人，并不是因为她们更出色，而是因为老婆在这个男人面前变得透明了，一些缺点暴露无遗，而情人就不一样了，她们只表现出好的一面。情人给你的，永远是风花雪月，老婆给你的，却永远是柴米油盐。所以，透明有时也是一种自寻烦恼的愚蠢，郑板桥就是看透了尘世的冷暖，才发出“难得糊涂”的感慨。

不管怎么样，世人还在对种种事物刨根问底，把月亮花园变成荒凉的石头城，嫦娥跑了，吴刚的桂花树倒了，一个个传说变成了白开水。德彪西说，哲学家们总是分析、分析，冷冰冰地毁灭秘密。

忘记了是哪部韩剧里的一句话：当雾散了的时候，人生变得清晰了，可是也变得更加残酷。

人生，总有一些时光在雾里。你或许忘记了往事的地址，只剩下找不到方向的风筝。那么此刻，正是你思索的好时机，你的生命中，有多久不曾认真地思索了。

有人浓妆艳抹，有人素面朝天，这两张人皮有什么不同？

有人戴着红宝石戒指，有人戴着玻璃戒指，这两根手指有什么不同？

有人吃了一顿生猛海鲜，有人吃了一个馒头，这两种饥饿有什么不同？

有人开着宝马走向坟墓，有人步行着走向坟墓，这两种死亡有什么不同？

……

思索吧，思索是一块巨大的手帕，正在慢慢擦拭你人生中的大雾。

看过一句话：“人生就像一场大雾，我看得到光亮，却比瞎子还要无能为力。”

既然如此，何不在那雾中小憩，吹一支笛或一管箫，于朦胧处翩跹出几匹音乐的小鹿来。心在雾中湿了又何妨，湿了，就长出几朵可爱的蘑菇来。雾，自有散去的时候，被雾水洗过的早晨，定是更加澄明欢爽的一天。

清晨 5 点的喜悦

我问过很多人，你认为自己最快乐的时光是什么时候?

妻子说：“对于我来说，最好的时光是你下班回家的那一刻，离得老远，我就听得出你的脚步声，甚至闻得到你身上的味道。”

孩子说：“最好的时光是你陪着我去公园玩耍。”

父母说：“最好的时光是从你们打电话过来，告诉我们你们要回家的那一刻。”

写诗的朋友东子说他一天中最美好的时光，是午睡。“一日即央，另一日未至，一天中间一个短暂无思维的小憩。好像巴赫克制而低调的音乐情绪表达，淡然，通透，坚定。义无反顾流逝的时间，齐刷刷地前行，因为我们本不必留，本不必盼，我们就在此时此地，睡着了。无情绪，无悲喜，无驻留。一切都像那一段美好的空白。思考关闭了。”

我的好时光，一直在夜里。夜深人静的时候，是我与缪斯相会的时刻。写出了好文字，总是兴奋着无法安睡的。总要天蒙蒙亮，我才躺下。

只是长此以往，身体慢慢吃不消了。血压升高，医生说不能再熬夜，我只好试着去改变与缪斯相会的时间。现在，我把写文章的时间安排到了清晨五点。这个早晨沉甸甸地充满质感，我情绪饱满得像是拉满的弓。一天中最好的时光，就是此刻！

现在，我已习惯了每天早起，向新的一天问好，向我爱的人问好，即使只有一句话，然后再无言语。

早起有很多好处。当你生活在一座车水马龙、热闹非凡的都市的时候，早起，听到外边清洁工扫地的声音，听到鸟儿唱着歌，走出门外看到花儿初开，那种心情比你一早急急忙忙爬起，抹两把脸就出门要舒服得多，你的心也会安静得多。如果你运气好，坐在路边、楼顶——早上很少有尘土飞扬——看看日出，看天渐渐变亮，如果你能常常与大自然交流，那种舒畅更是难以用语言形容，你会摒弃烦恼——“无论发生什么，太阳都将照常升起”，于是这一天你的心情大约都是好的。你可以晨练，你有充足的时间吃早餐，这一切都会使你一整天充满快乐。

假如我的爱人问我，我愿意为她做些什么？我会说，每天为你早起。每天早起，好好锻炼身体，才能永远保护你；每天早起，即使吵架了，我也能睁开眼睛看着你，想好你醒来后怎么哄你。

亚历山大·马斯特说过：“清晨5点是最好的时间：裹一床毯子，拿着我的煤气工人写字板，端一杯热咖啡，听小鹿穿过我脚下的浓雾，慢跑而来。”

此时此刻，我正是在学着他的样子啊，只是，我有种被幸福撞到的晕眩感，我的缪斯还迟迟未来。那有什么关系，我的快乐就铺展在我的脚下，我如同一个贪婪的守财奴，目光所及，都是满满的金黄。

其实，只要心里充盈着爱意，每一天就都是美好的，每一天的每一秒，就都是喜悦的。

请用其余的三根弦继续演奏

生活不会等你，但它会迎接你。

我的手，在干净的水盆里濯洗。我的脚，却沾染着人世的尘灰。

这身体，也演绎着尊卑贵贱。比如，舞台上的昂头挺胸，比如，落幕后的卑躬屈膝。

作为一个年近半百的人，越来越信赖手边的老花镜。而对身边的一切，却开始模糊和淡忘。

人岁见长，便越发害怕失去，越怕失去，就越是频繁地发生一些令人猝不及防的事。比如疾病，比如噩耗。

患有阿尔茨海默病的爱丽丝，是电影《依然爱丽丝》中的主人公，她的那一段关于“失去”的演讲，令人印象深刻——

诗人伊丽莎白·毕肖普曾写道：失去的艺术并不难掌握。太多事物仿佛准备好，离我们而去。那么这样的失去，也并非灾祸。

我并不是诗人。我只是一个患有早发性阿尔茨海默症的病人。这个身份让我开始学习失去这门艺术。我失去了优雅，失去了目标，失去了睡眠；而失去最多的，则是记忆。

我的一生积累了各种记忆。从某种意义而言，它们已经成了我最珍贵的财富。我与丈夫相识的那个夜晚，我初次拿到自己编写的教科书之时；我生儿育女，结交挚友，周游世界。此生积累的点点滴滴，拼命付出的收获种种，如今都在与我渐行渐远。也许你有所了解，或者你可以想象，这种感觉如同深陷地狱，并且逐渐恶化，越陷越深。

当我们变得与过去的自己大相径庭，还能有谁认真相待？我们举止怪异，谈吐结巴，变得让别人大跌眼镜，甚至让我们自己都感到陌生。我们变得滑稽可笑，变得笨拙无能。但这并不是真正的我们。只是这种疾病把我们变成了这副模样。和所有疾病一样，这种疾病也有根源，有发展，也一定会有办法治愈。

我最大的心愿就是，这种境遇不会在我的孩子，我们的孩子，我们的下一代身上重演。但是至少此时此刻，我还活着。我知道，我还活着。我还拥有我爱的人，我还拥有要在有生之年完成的梦想。我因为自己无力维持记忆而自我责备，同时我也拥有着纯粹的幸福时光。请大家不要觉得我在备受痛苦折磨。我没有遭受痛苦。我只是在奋力抗争，让现在的自己尽量存在于生活，让过去的自己尽量存在于现在。

于是我告诉自己，活在当下，珍惜现在。

……

这是一部讲述“失去”与“拥有”的电影。爱丽丝因为疾病而在慢慢失去她的记忆，从她开篇时风趣的语言运用，渐而到单词拼写游戏的失分，将大女儿名字安娜 (Anna) 错写成安妮 (Anne)，反复询问家人同一问题，再退化到难以有效诉说想法，继而到无法自如穿衣系鞋带等。若是经历过类似折磨的个人或家庭，影片中此类的大量刻画触动人心。尤其是在爱丽丝手脚不利索却想抱初生孙辈，其女婿略显担忧地询问大女儿的这一幕时，更是让人唏嘘感慨。所幸的是，爱丽丝的家人都向其投以各种关爱、耐心与信任。失去记忆的爱丽丝，一样可以享受与家人在一起的幸福。

如果说记忆是爱丽丝的“失去”，那么爱，就是爱丽丝的“拥有”。

谁也不想要一件厄运来披在身上。环顾四周，很多人都在瓦砾堆里奋力往外爬。但生命只能靠自己站立。

爱默生说，即使你断了一条弦，其余的三条弦还是要继续演奏，这就是人生。

过去，不过是你断了的一根琴弦。

一切都在慢慢失去，那只是证明，你曾经拥有过。

就像一件脱掉的睡袍，你失去遮蔽，却可以换来最舒服的睡眠。

要学会接受“失去”，松开的手，有时候比握紧更有力量。

每个人的生活里都会有烦恼，哪怕再澄明的日子，也有鸡毛和尘屑。那就努力把鸡毛做成掸子，把尘屑撒成沃土!

既然生活的幕布不能放下，那就请用其余的三根弦，继续演奏。

年轻的四滴眼泪

在我尚且年轻的时候，与一个不再年轻的人，在一节车厢里，有过一番争论。

落第一滴泪的时候，他嘲讽，他的笑意之下，我是个傻孩子。

落第二滴泪的时候，他沉默，嘴角仍有轻蔑之意，但已浅淡。

落第三滴泪的时候，他嫉妒地说："年轻真好，眼泪可以如此肆意横行。"

那是我第一次听见有人这么评说眼泪。

的确是肆意横行的呢！不然，怎么就轻易地落下了。

不过是一节火车厢，不过是放了一曲忧伤的萨克斯曲《天堂里的另一天》，不过是想起了渐行渐远的她，不过是秋意甚浓，而我衣衫薄寡……

我可以用一百种比喻说出我的忧伤，可他只是笑笑，他说："形容词被你用得天花乱坠，也不过是一场应景的雪。"

在他眼里，我的一切，他都了然于心。经历，是多么奇幻的魔法师，它可以让一个人高高在上，指鹿为马。

讲真话的时候，心里会落满了冬雪，踩上去吱吱嘎嘎作响，然而是实的。

那个人接着就说起了他在世界各地留下的足迹，他奉劝我，那么多的地方可以走，何必，固守一隅。

我说，某一段残墙上，刻着我和她死生契阔的誓言。

“让风去腐蚀和吹干它们吧。那是不负责任的信口胡诌。”

我怎么可以容忍，一个人如此亵渎我对爱的承诺。

在我的愤怒之下，他不再争辩，短暂的静默。然后缓缓地说，“走一走吧，离开一段时间，然后再听从灵魂的安排。”

我问：“流浪的人也是要回家的吗？”

他说：“没有人可以不回家的。”

我突然用自己也不能相信的尖得走调的嗓音说：“你带给了我人生最大的失望，你告诉我流浪是要回家的，那么死亡可不可以算作是家？你告诉我流浪的人也要回家，那么，你还鼓动我出去走一走？”

“是的，让你沉重地走，是为了让你轻盈地回。”

我的第四滴眼泪，浑圆硕大，滴到空盘子里，发出“叮”的一声响。我躲到窗帘后面，顺便用窗帘布擦着眼睛，看到了窗外的黑，以及不停跳跃着的活着的人们点亮的灯。多少人都如蚂蚁一样，在大地上活着，头上顶着一粒米，就是他们为之欢呼的光辉岁月。而我头顶的米呢？眼里的灯呢？

他说，每个年龄段都有每个年龄段的魅力所在，5 岁以前，任性、调皮没人指责你，相反会认为那是你可爱的地方，可是 5 岁以后再任性就不该了。上学后的魅力是你勤奋好学，工作后的魅力是你积极上进。成家后的魅力是你有了担当，有了为人父为人母的责任。

“那么，现在的你的魅力呢？不是滴下你的眼泪，而是绽开你的笑意。不是熄灭，而是点亮。”

我终于没有大声恸哭。只是落了那四滴眼泪，那是一个有些疼痛的夜晚，他下了车，我说我要接着再坐几站地，我对自己说，什么时候眼里的光亮起，就什么时候下车。

那个人很快发来短信，措辞优美，读来颇有韵味，仿佛一首无韵脚的诗——

“孩子，你像一只找不到归巢的小鸟，需要有人把你捧在手里。可是你自己先要把脚放回地面上来。

“还好，你的眼泪是年轻的，所以清澈，一点都不浑浊。滴到我的手背上，也砸不疼我。年轻人的眼泪啊，总是来去自如，多好，像任性的小顽童，前一秒嚷嚷着离家出走，后一秒将妈咪拦腰抱紧。年轻的眼泪多好，可以肆意横行，没必要节省，任意挥霍。

“你们有任性的资本，你们有悔过的甬道。不像我们，肆意地落一次泪，都是一种奢侈。我老了，你的眼泪甚至让我嫉妒，你看，它多么年轻，多么澄澈，多么像天刚刚亮的时候，那一滴挂在花瓣上的露珠儿……”

很多年以后的今天，我仍旧在读着这个短信。父亲，你的记忆力严重衰退，当然不会记得很多年前与我在一节车厢里的对话，不记得我流下的那四滴眼泪，更不会记得你亲手写下的这么动人的“诗句”，可是我记着，我会替你珍藏。你说，我年轻的眼泪落于你渐渐衰老的微笑之上。可是父亲，我也正在老去，此刻，家是唯一可以抓住我的根。而年轻和衰老的标志，一个是对远方翘首以盼，一个是对故土念念不忘。

那目光里铺了锦

诗人叶芝 23 岁时与美丽的女演员茉德 · 冈第一次见面。他沉迷在她的声音里，常常盯着她的眼睛，叶芝是个健忘的人，他总是忘记别人的名字和相貌，他不确信今后是否还有机会再见到他的女神，所以就那么死死地盯着她看，生怕错失一分一秒——他是要把她的模样牢牢地刻在心里啊。

事隔多年，叶芝还是经常回想起他们共度的这段短暂的时光，“一切都已模糊不清，只有那一刻除外：她走过窗前，穿一身白衣，去修整花瓶里的花枝”。叶芝以为，茉德 · 冈早已把这一段全忘了，其实没有。多年之后，茉德 · 冈回忆起 1889 年的伦敦，说“那是一座燃烧的城市，燃烧得像热恋中人的眼睛”。那是叶芝的眼睛。

叶芝一生向茉德 · 冈求婚无数次，每一个都遭到拒绝，在生命即将逝去的最后几年，想约她出来喝茶，也被拒绝了，他希望死后茉德 · 冈可以参加他的葬礼，可是茉德 · 冈竟然连这个卑微的请求都拒绝了。真不明白，这到底是一颗怎样冰冷的心，也实在想不通，一个男人为一个女人写了《当你老了》那样的情诗，而那个女人竟然无动于衷。叶芝的感情之路真是太过悲摧，如果说世界上有人对爱情终生执着却又无法得到回报，哪怕是一点点的回报，那么，大概只有叶芝了。

那可以燃烧全世界的爱的眼神，都没有融化那女人哪怕指甲大小的一块冰。

可是叶芝依然无怨无悔地爱着，一直到死。只是，那样哀伤的目光，凉了月亮，冷了檐角；短了相思，瘦了念想。

一双充满爱的眼神是怎样的？我想，一定是时而睫毛低垂，时而眉角飞扬，那眼神中会铺出一条路，路上铺满温暖的地毯，地毯上扬洒着花瓣，缓缓抵入对方的心。

那眼神中有绳索，可以捆绑一颗心；那眼神中有光，可以肢解黑暗；那眼神中有灵，可以召唤一切。就像断肠崖上小龙女与过儿历经十六年的痛苦相思后终于重逢，那种深情凝视的眼神，感情肤浅的人是无法体会得到的。

从科学的角度讲，在眼球后方感光灵敏的角膜含有 1.37 亿个细胞，将收到的信息传送至脑部。这些感光细胞，在任何时间均可同时处理 150 万个信息。这就说明，即使是一瞬即逝的眼神，也能发射出千万个信息，表达丰富的情感和意向，泄露心底深处的秘密。

比起叶芝来，我要幸运得多。我知道，岁月深处，有一双眼睛始终对着我深情凝望，那是触及我灵魂的凝视，我可以卸下所有的防备，俯首帖耳。

那是岁月赐给我的蓝宝石，它镶嵌在爱人的脸上。

其实，我无意中见到了很多次这样的情形，睁开眼睛，看见妻子正深情地看着我，妻子的眼睛里滑入月光，有蓝色的鱼在那里游动，我在那样的凝望里，看到了心疼和爱怜。

“你的眼睛大而空，不过，里面有故事。”这是第一次见面的时候妻子对我的评价。

“什么样的故事呢？冰凉还是火热？”我问。

“一半是海水，一半是火焰。”她说。

我自然是欣喜万分，才知道我这水泡眼里竟然还有这等惊世骇俗的内容，不自觉地又使劲儿眨巴几下。

我也见过一对老人临终的对望，他们时而痴呆，时而清醒，清醒的时候，他们就互相望着，谁也不说话，只想把对方牢牢地记住，然后去另一个轮回里寻找。

不是依着你青春撒下的香，也不是循着你命运刻下的痣，只是凭借记忆里的目光，一寸一寸搜索你的幽魂。

那样的目光里，匍匐着一只小虫子，蜿蜒地从一颗心爬向另一颗心。再曲折的路，它都会抵达。没有它无法翻越的天堑，没有它抵达不了的迷宫。

那样的目光里铺了锦，撒了雪，那目光因此而变得柔滑、纯白。

蔡琴在一首歌中这样唱——

像一阵细雨洒落我心底，
那感觉如此神秘，
我不禁抬起头看着你，
而你并不露痕迹。
虽然不言不语，
叫人难忘记，
那是你的眼神，
明亮又美丽……

一首深情款款的歌，通过爱人的眼神，抵达最隐秘的内心。这不禁让我又一次想起叶芝，他的凝望如此深情，以至于对面的女人，不得不惭愧地低下头去。

我的爱人，你望着一朵花，那朵花便多了一味香；你望着一朵云，那朵云便多了一丝暖；你望着一轮月，那轮月便多了一寸白。

你望着我，我便多了一份痴。

唯愿，我是你目光里的锦，旧时光里的缎，有这份美好在，我们不会惧怕任何褶皱。

第六辑

向过去的自己辞行

有树叶就好。树叶蹦跳着，我们就没有理由悲伤。

白天打扫，夜里祈祷

祖母走后，所有的光亮都减了一半。

从此，我总是喜欢躲在黑暗里哭泣。白天，拉上厚厚的窗帘，夜里，关闭所有的灯。

坚强的父亲摩挲着我的头，让我不要太过悲伤。白天，他为我拉开窗帘，让阳光赶跑暗；夜里，他为我打开灯，让灯光吃掉黑。

“为奶奶祈祷吧。”父亲说，“用你的祷告为她铺一条平坦的通往天堂的路。”

“嗯！”我含泪应着。我知道，一直宠爱我的祖母，是不希望我居住在生活的背面的。

祖母是个勤快而干净的人，干净得似乎有了“洁癖”。她很少闲下来，一天之中，手里大部分时间都拿着扫把，扫地成了她乐此不疲的“娱乐”。她与灰尘势不两立，总是拿着一块抹布，东擦擦，西擦擦，把屋子里拾掇得窗明几亮。小时候，看着祖母不停地做着家务，总是突发奇想：扫地的扫把会累吗？擦玻璃的抹布会疼吗？小孩子的心思就是怪，不心疼祖母，却心疼一只扫把、一块抹布，甚至天上的一朵云。

“奶奶，我把那朵云摘下来，给你当抹布好不好。”那是孩提时自以为是的笑话，说完便“咯咯咯”地笑个不停。祖母却不笑，她说，“要把它留在天上，不然天空该脏了。”

祖母的命运，就像一只无底的杯子，从来没有填满过一次。

在那个年代，祖母被冠以“扫把星”的名号，“扫把星”都是“克夫”的，嫁给祖父之前，她已经接连“克死”了两任丈夫，且都没来得及留下后代。而最后，祖父也没能逃脱被她“克死”的命运，婚后便被征兵去了前线打仗并死在了战场。所幸祖母给爷爷留下了唯一的后人，也就是我的父亲。

打此之后，祖母也开始怀疑自己的命运。的确，自己就像对扫把“情有独钟”一样，每天都会不自觉地拿起放下，放下拿起，难不成自己真的是“扫把星”吗？她似乎认了自己“克夫”的命，再没有改嫁，专心养育我的父亲。她靠给别人洗衣服，糊纸盒维持生计，甚至去捡垃圾，当乞丐，直到把父亲养大成人。父亲一寸寸地长起来，祖母便一寸寸地矮下去，直到生命的消亡。

父亲说，日子再苦，他看到自己母亲的脸上，也总是闪着愉快的光。

祖母的苦，就像她衣服上的补丁，一块接着一块。可是祖母衣服上的补丁，却并不难看，相反，让人喜爱。那是我最早佩服祖母的地方，因为她能将补丁缝补得如艺术品一般，让衣服上的一个个漏洞转眼间变成了一朵朵莲。我想，她对待衣服上的“洞”，一如对待自己的伤口吧，那些揪住她不放的苦，咬着她，让她千疮百孔，可是她懂得用一个个坚强的笑脸去缝补它们。

祖母一生都在不停地打扫，我想，那是她在努力打扫时光里的苦楚，擦拭命运里的阴霾吧，使一个个日子变得明亮而欢快。

祖母走的时候，背驼得几乎快挨着地面了，她在无限接近大地。这个不肯在命运面前下跪的人啊，一个躲闪不及就埋入了荒丘。

在祖母的墓前，我们放了一只扫把。我们每次来，都会把她的墓地打扫得干干净净，我们知道，祖母的一生，与灰尘为敌。因为她是一个扫把，是地面的云。

而云，是天空的扫把。

祖母走后，母亲辞职回家，接替了祖母的活计，母亲打心眼里一直看不惯祖母的“洁癖”，可是现如今，她的身上却越来越多地有了祖母的影子。只是住进了楼里，很少再用扫把了，经常映入我眼帘的影像是，母亲如一个奴仆，跪在地板上，擦拭着一地的碎语流光。

母亲继承了祖母的干净利落，使得家里的物什总是闪着亮晶晶的光。我知道，那光里，亦有祖母的灵魂。这两个伟大的女人，正在将干净温暖的日子一脉相传。

如果有人好奇地问我，你为何如此快乐，你过着怎样的生活？我想我会怀着幸福的心告诉他：白天打扫，夜里祈祷。

白天可以仰望云朵，夜里可以看到月亮，这就是最简单的幸福了。

云的使命，是让天空变得干净。月亮的使命，是让人间变得柔软。不停打扫着天空的云，常常会滴下疲惫的汗水来。惨白的月亮也见证着自己的劳苦。现在你该知道，让那些有着暗影的心一寸寸变白，让那些僵硬的心一寸寸变软，是一件多么艰辛的事。

“白天打扫，夜里祈祷，那岂不是修女一般的生活？”好奇的人不置可否。

我说是的，这修女一样的生活，看似枯燥无味，却在使这个世界变得洁白、纯净。白天因打扫而干净，夜晚因祈祷而温暖。

现在，想念祖母的时候，我就会抬头望天，看那一朵朵云。祖母在天上，肯定改不了爱干净的癖性，她肯定变成了一朵云，去做名副其实的“扫把星”了吧，她在天上忙着打扫，让天空一尘不染，甚至不留下鸟儿飞过的痕迹。

的确，祖母有必要留在天上，不然，天空该脏了。

我爱的树叶还蹦跳在树上

夜里的风很大，吹得窗棂阵阵响动，几番辗转反侧之后终于睡去，梦到了一些亲爱的事物：多年前死去的一条狗、曾经在我的屋檐上下翻飞的鸽子、那盆硕大的仙人球……它们接连在我的梦里掀起温暖的波浪，以至于醒来的时候，眼底竟流了泪。

和妻说起梦里的事物，她说这是神经衰弱的表现。“你最近太累了，不如给自己放个假，出去放松一下吧。”

我怎么可以停下来。孩子的高额学费，父母身体不好，时不时住院的费用，电费水费取暖费电梯费……生活的各个角落都是张着嘴等着吃食的小兽，我怎肯置若罔闻。

这生命，给了人多少欲说还休的无奈，只是心里总是忐忑的。像对生活中许多的事一样，当怀着小心翼翼的犹疑试探着开始，并不能立刻准备好接受最后的别离和伤心。毕竟，我们总是为了希望而来。

最近看了徐淳刚的小说集《树叶全集》，读来令人耳目一新。“我看见圆的树叶，椭圆的树叶，掌状的树叶，羽毛样的树叶……更多是不规则的树叶：树叶让我迷茫。”

看吧，他的生命里全是树叶！

作家张绍民在对这本书的评论中的几句话更为值得称道，他说：树叶是什么？是天空的胎记、脚印；是空气的补丁，大地深处漫游的书信，漫游到树上，打开；树叶的脉络含有闪电的衣服（皮肤）；树叶面对风，风用地震灌溉树叶，树叶用风的地震洗澡，洗出自己的香气和力量；小虫子睡在树叶上，用树叶摇摆的地震当成安眠曲。

如此说来，我们是万万离不开这些树叶的。这些诗意的树叶、哲学的树叶、意识流的树叶们组成了我们的世界。

原以为一场秋霜会风卷残云般将所有的叶子都吞噬掉，只剩光秃秃的枝头，徒增悲凉的晚景。可是第二天早上打开窗子，惊异地发现有几枚叶子竟顽强地挺住了，依然在树枝上蹦跳着。这时候的喜悦自是无法言说的了。一场秋雨一场寒，尽管我知道，它迟早要谢幕，但这一刻，它还在，并且闪着耀眼的光，我便已知足。

心也便忽然间豁朗起来，人生免不了的是悲伤，不管是跋涉在现实世界的泥沼之中，还是接受花样繁多的伤痛的改造，让一颗心逐渐生满厚厚的痂，那是一种冷漠，也是一种保护。

所以啊，有什么好怕的，我爱的树叶还在，它们依然快乐地在树上蹦蹦跳跳啊！

移民海外的阿辉回来了，虽然衣着光鲜，却掩盖不住倦容。时隔多年，他老了许多，眉宇间铺满无尽的沧桑。谈起这些年在国外的生活，他极少炫耀，更多的是唏嘘感叹。“一个人不易啊，背井离乡的，尤其是夜里想家的时候，那种滋味就像虫子啃噬你的心一般。”我想我是能理解那种境遇的。

我们默默地坐在花园里，我像他的影子，抑或他像我的影子，在深秋轻寒的风里，被茫然的感觉缠满，不挣扎，不呼唤。

我并没有问太多，只是和他一起念起年少时光，念起一起玩过的游戏，念起一起喜欢过的女孩儿，念起那棵树……

“那棵大榆树还在吗？”

“当然在，现在它变得更加粗壮伟岸了。”

我们一起去看那棵树，儿时我们经常一起去爬那棵树，在它的枝丫间嬉戏玩耍，摘嫩嫩的榆树钱儿吃……现在的我们是爬不动了。

“唉，树叶掉光了，不然你看到的这棵树异常茂盛，能遮出一大片荫凉来呢！”我不无伤感地说道。

阿辉却扶了扶眼镜，定定地望着那棵树，充满无限柔情，他一句话也没说，大概是想到了儿时的一些往事吧。

“快看，树叶！”他忽然尖叫一声，吓了我一跳。顺着他手指的方向，果然有一枚顽强的树叶，坚守在树枝上，陪伴着这棵树，给它最后的慰藉。

我在阿辉的眼底，看到了泪光，亦如我梦醒后的泪痕。

“异乡的生活啊，唉！”我并不打听他这些年的细节，只听到阿辉的一声叹息。或许目前的他也受到了某种挫折吧，比如他的生意，比如他的情感，但不管怎么样，我都知道，他会把所有苦痛都挨过去，就因为他看到那枚叶子时的尖叫。

灰心失望的人，蓦然间看到，他爱着的树叶依然蹦跳在树枝上。还有什么，比这更令人欣慰和振奋的呢?

“不如，折了这枚叶子，留个纪念吧。”我提议。

“不，让它在属于它的地方多待一会儿吧，哪怕一秒。”

我知道，他已经把那枚叶子装进了口袋。那枚叶子会随他一生。

有树叶就好。

树叶蹦跳着，我们就没有理由悲伤。

时光不旧，只是落满尘灰

那时我20岁，却在经历人生的秋天，满目落红，遍地枯草，大有“晚景凄凉”的味道。在我自己看来，当时的窘境甚至不如隔壁的那个孤寡老人。

他没有退休金，每日里靠捡拾垃圾艰难度日。喝酒算是他一天中唯一的一点乐趣吧。只有在喝点小酒的时候，那院子里才有了点儿活人的气息。那样的时候，我甚至能听到他哼着一些古老而神秘的曲调。

他的院子里堆着的都是捡来的没来得及去卖的破烂，就是这廉价的破烂，竟然也遭遇了盗贼。那盗贼就是我。

高考落榜后，父母让我去工厂做学徒工，我不去，关起门来坚持写作，梦想有一天可以写出名堂来。苍白无力的青春，空洞的辞藻，自然无法让我写出多么出彩的文章来。消极的我开始变得颓废，抽烟酗酒打架“无恶不作”，邻家隔几天就上门来和父母讨说法，父母气急败坏，不再给我零花钱，任凭我“自生自灭”。我要写稿投稿，没钱买稿纸和邮票，只好打了他的主意，因为我注意到，他那些垃圾里，有一些本子，是可以拿来用的。

他并没有太严厉地呵斥，只是对我说："你不好好读书，来这破烂堆里翻个啥？破烂就是破烂，还能翻出什么稀罕玩意来？"说完他就往那堆破烂里一躺，和那堆破烂融为一体，好像要告诉我，那破烂是他的，也就他把那破烂当有用的东西吧。"嘿嘿，我也是个破烂。你来翻翻，看我口袋里有没有点儿值钱的东西。"

我的脸羞臊得通红，只好和他坦白，说自己看中了他捡来的那些本子。

"不过话说回来，破烂也分两种，一种是完全没有用的，一种是还有一点利用价值的，比如我捡的这种，还是可以换回一点钱的。"那天他喝了酒，心情不错，没有和我发火。借着酒劲儿，还对我进行了一番教诲，"人啊，不管多糟糕，哪怕你狼狈得像个垃圾一样，只要用心，你也会是那可以回收利用的垃圾。相反，你若自暴自弃，沉沦堕落，那么你就是把自己扔进了不可回收的垃圾箱。"

听着这话，一点不像一个捡破烂的老人说的，反倒像我的语文老师在课堂上给我讲的。

为了"惩罚"我，他说，"去给我把窗玻璃给擦了吧，很久没擦了，都看不到外面的东西了。"

我只好乖乖地就去擦玻璃。玻璃擦干净了，晦暗的屋子一下子亮堂了起来。他心情很好，招呼我喝一口。我捏着鼻子喝了一口，辣得不行，直吐舌头，他倒是乐得前仰后合。

最后，他在自己的垃圾里仔细挑拣，把那些我能用到的本子都给了我。

"该惩罚也惩罚了，不过你既然帮我把玻璃擦得那么干净，也得奖励奖励，这些就奖励给你吧。"

我流着泪接过那一摞本子，脏兮兮、皱巴巴已近迟暮的本子，我却坚信自己，可以在那上面写出干干净净、青春靓丽的文字来。

一度以为，自己荒废了光阴，不可救药。但这个可敬的老人让我知道，时光还没有被我用旧，只是蒙上了一层灰垢而已。只要用心去擦一擦，那隐匿起来的时光随时都可以亮洁如新。

眷暖贪香

生命，长如太阳，周而复始，短如蜉蝣，朝生暮死。

在尘世走了一遭，我不想到处都是冷冰冰的墙壁，我用烤炉里的光热，暖它，那墙壁上就有了火光在跳跃舞蹈，那墙壁就活了过来，月光也来凑热闹，冷冷的月光，因为墙壁的体温，也渐渐暖了过来。

“不老的美人”伊能静说过，我的青春期如此漫长，就像某个部分停止成长，一直没有长大，没办法长大，不愿意长大，然后直接老去。

我和她一样，不忍衰老，甚至不愿长大，只做一个眷暖贪香的孩子。眷的，是不谙世事的暖；贪的，是涉世不深的香。

在我推开窗子的一刹那，一片叶子落了进来。令我惊醒：秋天来了。无声无息的，蹑手蹑脚的。风没有一丝凉意，如果不是这片枯黄的叶子，我还喜滋滋地享受在夏日情怀中呢！茨威格说，人变老意味着不再对往事感到害怕。悄然就到了中年，岁月到了喝下午茶的时段，可是一颗心仍旧不肯服老，仍然在年轻的时光中徜徉。这样也未尝不好，秋天不见得多么悲凉，只要你在你的夏天，积聚了许多美好的回忆，那些回忆的炭火，就会温暖秋天，以及随之而来的冬天。

眷的，是旧年华的暖。贪的，是回忆里的香。

安慰一个哭泣的人，最好的方式不是说“不要哭”，而是陪着他一起哭泣。但是每个人都有一个死角，自己走不出来，别人也闯不进去，只能把最深沉的秘密放在那里。很多苦，只能自己去找出口。尽管已备好了纸巾，但也请你，不要轻易地流泪，也不要轻易地把死亡说出口。一次恋爱的失败，不代表青春的失败。

就像最初的恋爱很大程度上是对我们整个青春的恋爱，不是特别针对某个人。有时候，我们爱着的仅仅是一个名字。多年之后，努力回忆，却始终无法令那个人的轮廓在自己的脑海中成型，只有一个冷冰冰的名字，被我们硬生生地抹了一层奶油。以为这样，就是千般恩宠，万般美好。

向日葵搬出体内全部的金黄，只为，去迎太阳那一个热辣辣的吻。

梦里，我养的一只猫死了，我悲痛地醒来，发现它安然躺在我的被窝里，我便是幸福的。

睁开眼睛，看到阳光使劲儿地从窗帘的缝隙里往屋子里挤，我便是幸福的。

整个世界是一场绚烂的烟火，你是否肯不遗余力地燃烧自己，让自己融入那璀璨里？

你要知道，在岩缝中绿的草，在悬崖边红的花，都是上帝格外恩赐的风景。

生命，有恣意妄为的挥霍，也要有谨小慎微的吝惜。有天马行空的叛逆，也要有安分守己的眷念。

所以，你还不能离世而去，鸟鸣，溪涧，风……好时光都还在啊。

我们还是一起做个眷暖贪香的孩子吧。眷的，是知足常乐的暖；贪的，是随遇而安的香。

我不想拆掉你的翅膀

他是个不到20岁的年轻人，一个文学爱好者，带了厚厚的一大本他自己写的文章，赶了很远的路，就为了来拜访我，希望能够得到我的一些指点。

他和我说，他是攒了好几天才攒够了来看我的路费，路上都不敢吃什么东西，怕把回去的路费吃掉了。说到这，他羞怯地低下了头。

我为这个虔诚于文学的小伙子感动着，拿毛巾给他，他一边擦汗一边羡慕着："你的工作可真好，多么宽敞漂亮的办公室啊！"

我说，好好写你的文章，你也会有这样的办公室的。

我带他去食堂吃过饭后，他一再地掏出他口袋里的一些零块钱，对我说："囊中羞涩，不好意思，第一次来什么也没给您带，您不会见怪吧？"

我见过富人炫富，却没见过穷人晒穷。

怎么会呢。我拍着他的肩膀，劝他不要想那么多。

我看了他写的那些文章，华丽有余而力量不足，但总体的文字基础还是不错的。如果坚持下去，定会有不小的收获。我的褒奖显然增添了他的自信，他说他一定会加倍努力，一定要写出个名堂来。我给他留了电话号码，告诉他有什么事情可以随时来找我。他接过我的名片，手有些抖，满怀感激的样子。

天有些晚了，我不停地看着手表，示意他应该走了，不然会赶不上回去的车了。他大概也看出了我的担心，说没事，回去的车有的是，就是黑天了也有。然后，他就有些不好意思地说："能不能再到你们的食堂里吃顿饭啊，那样，在回去的路上我就可以不吃东西了。"

当然可以啊。我爽快地领他去食堂，让他吃了个饱。然后又替他打了满满的一盒饭，让他带着在路上吃。在办公室里，他看到地上堆了很多纸张，向我索要，说反正你这里这么多，我也可以用它们多练笔写东西。我就找了个袋子，帮他装了些洁白的纸张。心里却忽然有了一种说不清楚的感觉，令我的热情骤减。

他再一次感激涕零，发誓一定要写出好作品。

临走的时候，他又一次掏出他的那些零块钱（他回家的路费），不厌其烦地说最近手头拮据，什么都没给我带，让我不要怪他。我知道，他这是在暗示我替他买一张回程车票。

钱就在我的口袋里，但这次，我没有掏出来。

他和我说，有一次在车站，他没钱买车票，就向别人开口要，没想到有一个好心的人很慷慨地给了他 50 元呢。

他一再地暗示我，就差没有开口向我要钱了。可我依然装聋作哑无动于衷。

口袋里的钱被我握成了一个纸团。我知道，我不能把它交到他的手上，那样，它真的就成了一团废纸，没有尊严的废纸。

他用一种很奇怪的眼神看我，或许他觉得我是个吝啬的人，但我必须那样做，我只是不想让他养成一种过分依赖别人施舍的习惯。

对于一个羽翼未丰的年轻人来说，别人每施舍一次，就等于拔掉了他的一根羽毛。所以我不能施舍他，哪怕是小恩小惠，也等于是在慢慢拆掉他的翅膀。

“我也有过贫困潦倒的时候，”我想有必要和他讲讲我自己的故事，“那一次也是在车站，自己口袋里的钱不够买车票。但我没有向别人讨要，而是去杂货店买了一管鞋油和一个鞋刷，在车站帮别人擦鞋，擦一双鞋一元钱，一共擦了 5 双鞋，可是还不够买全程的车票。我就买了短途的票，然后在车厢里继续给别人擦鞋，一站又一站，如此反复。就这样，我擦了一路的鞋，也买了一路的票，终于到了家。”

他低着头，又一次羞红了脸。我感觉到了，这一次，是他灵魂里的羞愧。

有时候，拒绝也是一种帮助。因为我不想，拆掉你的翅膀。

在这之后的几年里，我们互相通信保持联系，我常常在信中鼓励他坚持下去。现在，他在当地已经小有名气，而且被当地文联破格录用，他也有了和我一样宽敞漂亮的办公室。他在给我的来信中真诚地表达了他的感激之情，他说，我之所以能有今天，都是因为您的那一次“拒绝”，拯救了一颗即将跌落山谷的尊严的心。

感谢您，让我拥有了一双自尊、自强、自立的翅膀。

从故乡出发的雪

母亲说："我放出去的小羊羔，还能找到回家的路吗？"

故乡正下着雪。

而我居住的这个城市没有雪花。城市的枝头只剩下星星。

我累了，似乎连一瓣雪花都难以承受。

在城市上空，我总能看见一只只无处栖身的孤独的鸟，它们不停地飞得精疲力竭。这时候我就想有一座低矮的茅屋，让那些孤独的鸟在我的屋檐下筑巢，听着它们叽叽喳喳的声音，世界才真的静了。看着它们在空中忙忙碌碌织出一场场爱情，世界才真的美了。

那座低矮的茅屋，就成了天堂。

我的眼睛被故乡飘来的雪遮住，什么也看不见。现在，我唯一能做的就是用睫毛将往事的雪轻轻扫起，堆在冬天的一个小小角落里，堆出一个很小很小的雪人。然后，我跟这个雪人对话。

我问它，我的亲人们过得好吗？我的朋友们过得好吗？我曾经的爱还在路上行走吗？

它却答非所问地说，这里的雪真美！可以覆盖你的忧伤、人的烦恼，让你生不出一丝欲望和邪念，只剩下爱，陪着雪花生生不息……

我感觉被针扎了一下，又扎了一下，那个小雪人在唤醒我记忆中的苍白灵魂，并让每一处被针扎过的地方都流出真实的忏悔的血。

在一个周末的夜晚，我路过一个工厂，看见几个打工的“外来妹”抱在一起痛哭。我停下来，想知道她们为什么哭得这样伤心。过了一会儿，我听见其中一个哭着说：“我想我娘，我要回家。”然后她们一起在夜色中喊着：“我要回家！”那个声音在夜空中久久回荡，在我的心头久久地悬浮着，永不落下。

我要回家。我累了，欲望的梯子伸入云霄，我不想再爬。

从故乡出发的雪，是一粒粒精神的药片，正在为城市流行的种种病症止痛。

迟钝的美德

昨天又降温了，一群朋友窝在一起聊天。一位朋友问："你们想过没有，未来最想要什么样的生活？"

于是，一群人安静地各自思索。我说，"有通俗的，有高雅的，想听哪个？"朋友说："俗人嘛，就俗的吧，真实。"我说，"俗的就是有一所属于自己的小房子，弄得很舒服，可以窝在里面大吃大睡，无聊时就看看碟，听听歌。最主要的，是让自己变得迟钝一些，不把今天安排得过于完满，也不把明天安排得过于周到，顺其自然，水到渠成地去生活。"

朋友大笑："原来你要的就是猪的生活呀！"

其实，我理解的美好生活很简单，不必费心取悦别人，只要一种属于自己的幸福感就好。这种幸福可以很宽泛，也可以很简单。

猪的生活有什么不好。猪如果聪明绝顶，想到自己最终要沦为案板上的肉，那免不了会失去活着的勇气吧。这样迟钝一点，活一天就好好活一天，吃得饱饱的，睡得香香的，即便有一天成了案板上的肉，也不枉舒舒服服地活了一回。

当那首“猪，你的鼻子有两个孔”的歌风靡大江南北的时候，猪也成了人们眼里的宝，炙手可热。没有哪一个动物明星能够超过它的气场。

所以我还是希望自己能够迟钝些，尽管迟钝常常被看成“傻”。

我不想像个刺猬一样，竖起毛发，每天如临大敌般对这个世界保持着警戒之心；不想像章鱼一样，有那么敏感的触角，任何一点声响都能在它的内心掀起波澜；不想像一只狗一样，有那么灵敏的嗅觉和听力，一点风吹草动就搅扰了一个美梦……

有些女人冰雪聪明，伶牙俐齿，我不艳羡。我认为迟钝一点儿的女孩，更是可爱。

就像你要讲一个笑话，没等你讲完，那个聪明的人就猜到了结局，把包袱提前抖了出来，你喜欢这样的人吗？我不喜欢，我喜欢那种瞪着大眼睛，等我把笑话说到最后的那一刻，然后爆发出惊天动地的爽朗的大笑的女孩。

眼睛毒辣，巴不得看透你心里所有的秘密，你喜欢这样的人吗？我不喜欢，我喜欢那种托着腮，静静地听你讲心里的话，然后不停地问着“后来呢”“为什么啊”的女孩。

尼采说过，无须时刻保持敏感，迟钝有时即为美德。尽量从善意的角度去诠释语言，保持比对方迟钝的感觉。此乃社交之诀窍，亦是对人的怜悯。

渡边淳一发明了一个新词“钝感力”，他认为“钝感是一种才能，一种能让人们的才华开花结果，发扬光大的力量”。

钝感，说白了也可以看作是内心的宽厚，这样的心是耐磨的，猜疑、妒忌、谣言、诅咒……种种伤害都可以消化得了，也只有这样的心，才能把种种不幸和困苦放进自己的熔炉，最终磨砺出闪光的珍珠来。

长偏了的美人痣

老人们常说，长坏什么也别长坏了命。

邻居英子就是这样的人，面相、身材都长得好，唯独长坏了命。

高考差 5 分名落孙山，复读一年再考，结果差 3 分，又一次落榜。咬咬牙接着重读一年，考试当天，或许是压力过大，或许是天气的缘故，在考场上晕倒，从此彻底打消考大学的念头。出去找工作，每一次都干了不到半年就因为厂子倒闭而被迫离开。磕磕绊绊的事业还不算，爱情也一样。经人介绍，和一个小伙子见面，俩人彼此都挺有眼缘，确定了恋爱关系，可是就在结婚的头一天，未婚夫无缘无故失踪，英子哭成个泪人儿，她不知道，自己的命怎么会这么苦，好运和幸福明明就在离她很近的地方，可她就是够不着。

有人劝她去算算命，她犹豫再三，还是去了。算命的人看了看她的面相，掐指一算，找到了原因。“那颗痣长偏了，你的命就跟着偏了。”那人说，“如果正好长在眉心，你就是个大富大贵之人，可眼下，这只能算是一颗背运痣，估摸着你还得倒几年霉运啊！”

这些话让她倒吸了一口凉气。她很后悔，这不算不要紧，一算就更让人心里忌讳了。这还怎么敢再看对象，自己一个人对付着过吧，总不能把霉运过到别的无辜的人身上去。

这样想，英子从此深居简出，惜话如金。

小黑是和英子一起长大的人，一起上的小学，后来因为家境不好早早辍学。小黑打小就喜欢和英子一起玩耍，懂事后，一直暗恋着英子，因为自己又矮又黑，所以自卑，不敢表白。

英子生命中的每一次波动，他都有所感应，可是又不敢走近，只能从旁人那里打听关于她的细枝末节。

英子又一次相亲失败的消息飘进他耳朵的时候，他有些庆幸，他想老天一定是要把英子留给他的，他下了决心去向英子表白，他不想遗憾终生。

从那以后，他时不时地以小学同学的名义去找她，给她一些力所能及的帮助。

英子是独生女，父亲年纪大了，家里有个体力活啥的，没个男人不行。小黑适时出现，扛煤气罐，买米送油这些事儿就都让他包了。久而久之，英子心有所动。毕竟，一个男人的内心要比外表重要得多。

家里的暖气坏了，小黑忙活了一天，把所有的暖气都修了一遍。英子留小黑吃饭，亲自下厨炒了几个菜，启开一瓶酒，给小黑倒上。小黑受宠若惊，有些手足无措。

自然，这样的状态下喝酒很容易醉的，一杯酒下肚，脸就发烫了，胆子也壮起来，偶尔敢抬头看看英子的脸。英子的父母看了，心知肚明，他们有心找个上门女婿，小黑自然成了首选。

从那以后，小黑成了英子家里的常客，英子也默认了小黑，尽管小黑从未说过示爱的话。

“你就不怕我把霉运带给你吗？”英子问。

“那是算命瞎子胡掰的，听他的？”小黑说。

“算命先生说我眼眉边上的痣，是背运痣，是个不祥的东西，你不害怕吗？”

“不，我喜欢！谁说那是背运痣，那明明就是一颗美人痣啊，不过就是稍微长偏了一点而已嘛。”

那是英子听到的，此生除了父母的夸赞以外最动听最受用的话。从此，她的心明亮无比，额头不再晦暗，双颊开出红晕，命数也自然跟着掉了方向，峰回路转，柳暗花明。

每个人心中都有起伏不定的平平仄仄。如果你在意，那是你的高山，你的沟壑；如果你随意，那是你的词牌，你的音色。就像在黑暗房间里摸不着开关，那不证明光明不在，只是光明在和我们玩着捉迷藏的游戏。

拈起生活的盖子

换了新房子，母亲从乡下赶来帮忙。搬家当天，刚好六点钟的时候，我和妻子还没睡醒，母亲就已经把电饭锅从旧家搬到了新家。按照习俗，锅里要放上一些高粱或者玉米之类的粮食，以预示日子“节节高”之意。可是当妻子掀开锅盖，看到里面只有一块儿很小的昨晚吃剩下的发糕，不禁有些不高兴了。她嘴里不停地埋怨母亲，说母亲破了习俗，担心以后的日子会有诸多不顺。我在心里也直嘀咕：母亲是怎么了？这么大岁数了还不懂搬家的习俗吗？母亲在那里不停地搓着手，像个做了错事的孩子，不知该如何是好。后来我打趣道：还是妈妈心细，这发糕的意思不就是让我们一边“发财”一边“高升”嘛！听到这样的解释，妻子改怨为喜，还不停地谴责自己错怪了母亲。

不禁有些后怕，那万一锅里放的是一块锅巴呢？纵使我有三寸不烂之舌，怕也是无法搪塞过去的吧。

20 年后的同学聚会，见到年少时一直暗恋的她，风韵犹存。只是待她一张口，味道全变了。那些脏话从美人的口中冒出来，就像吃着美味，忽然撞见了苍蝇。不觉感叹人世造化，物是人非。

这回忆莫不就是一个蒙着盖头的美人吗？你只消静静地去观赏吧，不要掀开那盖头，问，吃了吗？不等做答，已然先放了一个突兀的屁出来。

看过一首叫《喂鸽子的少女》的诗歌，甚是喜欢。诗中写道：

残损是生活的宿命　唯你弥补
鸽子飞翔的弧线　切割
铺满苔藓的石头　渗出　太阳的血
你的目光　是太阳的　光辉
生命　随之转了 180 度
少女的忧郁　是　莫名的
空气清新起来　你的手指是神的
拈起　生活的盖子

诗中的描述是美好的，然而生活远比诗歌要现实得多。

每天擦不完的灰尘，每天数不清的埋怨。和镜子比起来，灰尘似乎更贴近我们的生活。有时候，它甚至可以代替镜子，照出我们的前世今生。

拈起生活的盖子，你或许会看到蒸熟的馒头或包子；拈起生活的盖子，你或许会闻到令人作呕的下水道的味道；拈起生活的盖子，你或许会听到幸福的彩铃；拈起生活的盖子，你或许会漾出欲望的泡沫……

拈起生活的盖子，你看到蜜蜂终日奔忙终日酿蜜，却不占有蜂蜜；拈起生活的盖子，你看到一些穷人紧紧护着钱袋，成功地躲过了一次偷窃；拈起生活的盖子，你听到大人们在不断地向孩子们解释：不是蛇，是绳子，不是狐狸精，是阿姨；拈起生活的盖子，你发现幸福被人抢占完了，只剩下谁也不要的痛苦。

拈起生活的盖子，你看到爱人头上大簇大簇的白发，那是光阴的债务。两个人相濡以沫几十年，彼此的眼里长满了老茧；拈起生活的盖子，你流了一滴泪。多少河流的水，涌入大海，都不会使大海拥挤。但你的一滴眼泪，却挤疼了大海。

拈起生活的盖子，如同打开一本心仪的书，下一页，在纸的背面。像绳索，拎起一串人物命运的不可逃脱；拈起生活的盖子，如同打开当下的生活，第二天，从今夜翻过。像小说，延续着终结前的不可捉摸。

向过去的自己辞行

结婚刚刚一年的外甥女离婚了，离婚的缘由听起来有些离谱。早晨起床后，外甥女问外甥女婿，“你昨晚几点睡的啊？”连续问了三遍，外甥女婿都默不作声。就为这，外甥女气哭了，并且离了婚。

这看似有些任性的理由其实也是说得过去的，冰冻三尺非一日之寒，这样的事情发生过很多次，这一次不过是点燃了离婚引线罢了。如此木讷的人，根本没有把别人放在心里，不然为何如此这般沉默不语。

一段婚姻或情感的结束，就像一场失败的春晚成功避开了所有的笑点，就像一张失望的彩票成功避开了所有的中奖号码，就像一个口头上说喜欢你的人成功避开了所有取悦你的行为，就像一朵百合成功避开了所有的节日……

离婚后的外甥女心情一直潮湿着，不肯去阳光下晾晒。妻子主动请缨去开导她。陪她逛街，陪她登山，只要不在屋子里闷着，随便她做什么妻子都陪着。

妻子说：“过去的就过去了，过去的自己不管是可爱还是愚蠢，都试着和她说再见吧。从现在开始的，是全新的你，你不准备给她布置一个充满阳光和花香的房子吗？”

度过最难熬的不适应期，外甥女渐渐拨开愁云惨雾，脱胎换骨，变成美丽自信开朗的女人。

人生，若总是贪看过去的时光，就无法领悟什么是蜕变之后的景象。要懂得向过去的自己辞行。尽管，这看上去很难。过去的自己，令我如此挂牵。即便与我割袍断义，仍然是我连着筋骨的兄弟；即便移情别恋，仍然是我心心念念的红颜。

世事就是如此，生命会在每一个阶段召唤我们。就像我们要接受温润的春和炽烈的夏，就必须接受清冷的秋和寒冽的冬。人生正像茶叶一样，我们要坦然面对沉浮，才能让生命散发芳香。

喜欢一句英国谚语：种树的最佳时间是 20 年前，仅次于它的最佳时间是现在。也就是说，不管我如何流亡与深陷，我永远可以在当下回归和自拔。

尼采说：凝视深渊太久，深渊也将回以凝视。痛苦的过去就是深渊，一个人，不要在痛苦的回忆里沉溺太久，要挣扎，要脱离。否则，那回忆会像毒蛇，紧紧将你缠绕。

在时间里走失的人们，有时候也可以重逢。这是时间的可爱之处。它是小偷，偶尔也会客串魔术师。

崇尚一级睡眠的我，把自己脱得一丝不挂，扔掉多余的衣物，也类似于一种辞行。我没关闭，亦没有开放，只是站起身把时间关掉，合上衩，睡着了。我不想被时间操纵，不想被回忆绑架。

人生就是不停地告别，每一次告别都是一点点的死亡。每一次辞行和结束，都充满新的盼望和爱。

去盼望吧，就像从未分别；去爱吧，就像从未受伤。

一朵单眼皮儿的花

花儿是个单亲家庭的孩子，从出生起就没有见过爸爸。每一次向妈妈问起爸爸的时候，妈妈情绪总是很激动，说爸爸是个“丧良心的家伙”。后来从邻居们口里隐约得知，爸爸和一个比妈妈年轻漂亮的“小妖精”好了，就不要她和妈妈了。听到这些，她那小小的心结了霜，就像秋寒中的一朵小花儿，弥漫着一圈忧伤的雾霭。

母亲含辛茹苦带着她，让她看到了很多她这个年龄所看不到的辛酸，这些困苦让她早早地就长大了。

从那以后，花儿不再向妈妈问起爸爸，如果不小心将话题绕到这上面，她也赶紧岔开，她知道，不仅是自己，爸爸更是妈妈心头永久的伤。

看到妈妈每天如此劳累，花儿很心疼，所以尽量多替妈妈干一些家务，除此之外，她全部的时间都用来学习，她知道，只有自己学习好了才能让妈妈高兴，因为每次只有拿出成绩单给妈妈看的时候，才能看到妈妈脸上绽放出久违的笑脸。

“妈妈多好看啊！大酒窝，还有双眼皮儿，爸爸为什么会不喜欢妈妈呢？”每每这个时候，她总会在心底不自觉地想。

“妈妈，怎么你是双眼皮儿，我却是单眼皮儿呢。单眼皮儿不好看，我想要双眼皮儿。”她对着妈妈撒娇。

“宝贝，还没到时候呢，你现在啊，就像是还没有完全发育好的花朵，等你大了，自然就有双眼皮了。不管是随我，还是随你爸爸，你都应该是双眼皮的。”

妈妈还是不自觉地提到了爸爸，那一刻，她们彼此望了一眼，愣了一下，继而心照不宣地绕过去。尽管如此，花儿的心还是被一股小冷风猛地抽打了一下。

在大街上，饭店的橱窗里，总能看到一些爸爸妈妈领着孩子一家三口其乐融融的情景，这时候她就会呆呆地望着，心底又流了泪。如果有爸爸在，她该多么幸福啊。而现在，她孤单地站在那里，薄薄的，像一片叶子，就算是大热天，也打着冷战。

转眼就上初中了，花儿仍旧还是单眼皮儿。“我还没有长大啊”，对着镜子，她自言自语。

一次作文的题目是“我的父亲”，把她难住了。她终没有落下一个字，空空的白纸像一片雪地，没有一个脚印，却有一个大大的泪痕。

老师是个细心的人，她望着花儿的稿纸，抚摸着那滴泪痕，她想，花儿一定是个伤心的孩子。

“我不敢相信，这个作文能难住你。”在办公室，老师问花儿。

花儿眼圈红红地说，从小就没见过爸爸，不知道爸爸的样子。

是啊，其他的或许可以杜撰，可是这个爸爸却无法虚构。老师把哭泣着的花儿紧紧抱在怀里，不停地摩挲着她的头，老师是打心眼里疼爱着乖巧的花儿。

班级里开班会，主题是“孝敬父母”。那天，教室里气氛热烈，孩子们纷纷谈论着自己的爸爸妈妈，讲自己在家里和爸爸妈妈相处的情形，只有倒数第二排的花儿，始终低着头，一言不发，她害怕同学们问她关于爸爸的话题，父母是孩子的两个翅膀，而她只有一个，所以飞得很笨拙，很难看。

可是终究还是没有躲过，老师点了她的名字，让她发言。她嗫嚅着，欲盖弥彰。

“别怕，孩子，说吧。”老师不停地鼓励着她。她想不明白，老师为什么非要和她过不去，非要在同学面前揭她的短呢！她想，瞒是瞒不住了，索性就掀一次伤口给他们看吧。

“我没有爸爸，只有妈妈。”她鼓足了勇气说道，“所以我会更好地孝敬妈妈，因为她太累了。”

教室里先是静了一下，然后就喧哗起来，她看到同学们脸上既有同情又有鄙夷的神色，这令她极不自在。

“同学们，”老师说道，“花儿同学虽然是单亲家庭的孩子，但是她用行动证明了自己，她一样可以成为一朵饱满的花儿，尽管暂时还是单眼皮儿。”

同学们都被逗笑了。她也笑了，从小到大第一次如此纵情彻底地笑。

“每一个单亲家庭的孩子，都像是单眼皮儿的花，如果努力生长，也一定会开得异常灿烂，精彩纷呈的。就像咱们的花儿同学，虽然没有父亲，但一样是一朵美丽的花，一朵坚强的花。”

那天晚上，她在日记中写道：今天我才知道，原来，单眼皮儿的花，也可以成为天底下最美丽的花儿，只要你肯走出阴霾。妈妈、老师、同学……多么密集的阳光啊，呼啦啦的一下子围上来，张着柔软的触手，一寸一寸暖我……

雪花，春天的邮戳

刚开始的时候，雪花是猫着腰，蹑手蹑脚着来的，似乎要给你某种惊喜。待你敞开了门扉和胸怀欢迎它的时候，它已经开始不拘小节，大摇大摆起来了。这正是它可爱的地方，多大的雪都不会恼了我。不管什么时候，在我眼里，飘舞的雪花都是数之不尽的好消息。我相信它是春天的邮戳，它贴着我的额头，附着我的耳畔，与我耳鬓厮磨，转瞬间便融化了。雪花匆匆地来去，只为提醒我，春天的幕布已经拉开，准备好你的节目了吗？

我淹没在那些幸福的白色花瓣里，不想靠岸。不得不承认，雪是我生命中的“精灵”，作为一个美丽的意象不止一次出现在我的文章里。我如此深地爱着它们，如信仰一般，我的虔诚，神圣至极。世界太大，我只要守着一片小小角落，捧着小小的六个瓣的雪花，便是心灵的天堂了。

相反的，有一个不到 20 岁的孩子，对雪却是厌恶至极。他是我常去的一个小饭馆里的小服务生。每次下了雪，都听见他向天空咒骂着，那些恶毒的语言与他清俊的脸孔极不协调。在他看来，那漫天飞舞的不是雪花，而是令人生厌的苍蝇和蚊虫。

我堆在门口的雪人也常常遭到他的蹂躏。这些都是他少有的反常行为。

因为平时在他的脸上总是看不到任何表情——不会热泪盈眶，不懂笑靥如花，一副很标准的扑克脸。人们从不解、好奇、厌倦，到最后认定他根本就缺少基本感情。孤僻又冷漠的孩子啊，人们看他的眼神开始变得嫌恶。

冰心曾经借她文章中的人物的口说出这样的话：世界是虚空的，人生是无意识的。人和人，和宇宙，和万物的聚合，都不过如同演剧一般，上了台是父子母女，亲密得了不得；下了台，摘了假面具，便各自散了。哭一场也是这么一回事，笑一场也是这么一回事。与其互相牵连，不如互相遗弃；而且尼采说得好，爱和怜悯都是恶。

有人问他那活着还有什么意思，死了，灭了，岂不更好，何必穿衣吃饭?

他说，这样，岂不又太把生命看重了。不如行云流水似的，随他去就完了。

这个人未免太消极些。当然，这并不是冰心本人的世界观。但她描写的这个人的这种心境与这个小服务生此时此刻竟完全一样，他们的冷漠在遥远的时空里不谋而合。

直到那场大醉之后，我才窥探了他心底的苦痛。那天是元旦，天空飘着零星的雪花，有些出奇的冷，人们都煨在家里，用亲情烤着火。饭馆里除了我，没有其他客人。我喜欢在下雪天里喝点酒，但一个人有些无趣，示意让他来陪陪我。在老板的允许下，他喝了酒，不胜酒力的他喝了二两小烧便将心底的哀伤吐露无遗。我第一次看见他哭了，他的眼泪让我确信他身体里的血依然是热的。他说他从小就没了父母，一直和奶奶相依为命。奶奶上了年纪，却还要到处收破烂供他读书。这样的书他读不下去，他自作主张，卖掉了他的课本做路费，来城里打工。当他买了很多好吃的和很多新衣服回去的时候，发现奶奶正守望在门口，已经变成了僵硬的雪人！有人说，少年的情怀是最真的情怀，是的，我看到和听到过无数煽情的场面，但他的故事却那样令人心痛。他的哭泣久久盘旋在我的耳边：奶奶说她不要好吃的，不要好穿的，只要我陪在她身边，奶奶无时无刻不在等我回来。可是，她没有等到。

都是这该死的冬天，该死的雪，带走了奶奶。他指着那些贴满窗棂的大朵大朵的雪花，不停地诅咒着。

这就是他怨恨雪的原因。可是，他多么深地冤枉了雪花啊。他的咒骂，让我心疼。

“真正让奶奶冷的，是你不在她的身边。换种角度讲，奶奶走的时候，披了厚厚的雪，是不是也会很温暖呢？奶奶不在了，所以你更要勇敢地活下去。”我为雪花辩解着。他喝了大大的一口酒，使劲地向我点着头，泪光闪闪。

雪没有罪，有罪的是命运。我竭力在为雪花洗清冤屈。

我和他走出屋子，站在雪地上，像一张白纸上的两个标点符号。他从没有像今天这样对雪花充满敬意和怜惜之心，他伸出了双手，张开了怀抱。我们想堆个雪人，可是积雪太薄，想到雪地上打个滚儿，又怕雪花们委屈，只好就那样在雪里呆呆地立着，任雪花落在脸上，融进心里，轻声叨念着一些随着雪花在飘的，亲人的名字。

我让他去亲近雪花，只想让他相信，每一个六角型的花瓣，都是春天的邮戳，告诉我们，再深重的苦难，也不能压垮春天。

世界的表情是丰富的，有时冷峻，有时温和；有时调皮，有时哀伤；有时黑白相间，有时姹紫嫣红……人呢？不能总是待在冬天里，只戴一顶叫作冷漠的帽子。

孩子，扔掉你的帽子，再挺挺吧。

我抱不住风

我抱不住风，风滑溜溜的身子总是一闪即逝。有时候它爬到树上，打着响指，吹着口哨；有时候它爬到烟囱上，和炊烟打情骂俏；有时候它贴到地面，和一片落叶纠缠不清。水性杨花的风，让我又爱又恨。

我抱不住风，任它在我的灵魂间自由穿梭。

所有的曾经都是风。风是过往。是昨天的赞美或者叹息。

我抱不住风，风要流逝。风要从我这里，带走一些想念。所以，很多曾经，终会过去，所以有些人，只好寄情于纸墨，用情与文字，将心念包裹成一包药，一点点的下进文里，使人尝不到多少苦却能医好一些心病。

林夕说过：我们都是风雪夜中的赶路人，因相遇磨擦，融化了彼此肩头的雪花，而后因为各自的路线不同，相距越来越远，雪花再覆肩头。一路上，我们重复着等待、相逢、磨擦和离别……

看吧，这就是我们的双肩，左边挑着过往，右边挑着未来，它让我知道，劳动，仅仅是一只肩膀的疼痛，而且，右边，比左边更疼。我听到尘世的风，那里面有寂寞的骚动；我看到草尖的梦，随着露水堕落的多情。

上帝成全了爱。时间却带走了爱。有生之年假若相逢，多不过一眼，曾经的爱或许只是烟火的表演。痛苦只是风波，卷起回忆的泡沫。当爱走过流年，却被残酷地放大爱的理由。

曾经的爱，被风镌刻成碑文。当你不在记忆里追逐的时候，风便成了你的奴仆，开始跟着你奔跑。

这个世界就是这样，有的地方寒风呼啸，有的地方风和日丽。但是请等我回来，回来把温暖向你传递。

亲爱的，风告诉你什么了？曾经的一切，算是好消息还是梦魇？当心底的那些秘密，被它抽丝剥茧般一点点取出来，你的世界仍旧完好如初吧？

我在风里走丢，也会在风里归来。亲爱的，穿过人世如潮的面孔，和人生浮虚的名声，我总会找到铅华洗尽的你，我的脚下是草，我的发际是风，我的眼前是你，我的心里有着与你相爱的一生……我会以最轻柔的声音问候你，会以最轻盈的指尖触碰你，你有没有在风中走丢？风在你的额头刻了多少怀念的诗行？

我抱不住风，风也抱不住我。我们相互热爱，却又互相躲闪。

亲爱的，你说，两个人一起回忆的时候，连苦难也可以变成棉花糖，蓬松着无限的甜媚，在人生的履历簿上照耀炫舞。是的。纵然时光不改分与秒的呼啸而过，纵然无法更换惨淡的人生背景，但角落里的那朵微笑的花被我看见了，她亦看见我，并照见了我的生活——珍视每一刻的自己，无论悲伤难过还是喜悦，是自己的就是最美丽的。

以前每一年生日的前半年，就开始掰着手指头，撕着日历，等待到来，计划如何庆祝？幻想会收到怎样的惊喜。现在对年纪的概念却越来越模糊，我不怕老，我期待与你一起到白头，因为你说过只有你不会嫌弃我脱落牙齿、掉光头发的样子，因为现在的我，面对困难时已不会害怕，面对恐惧时亦不再尖叫，如同女人一般。

我抱不住风，但我能抱住你，抱住现在，抱住眼前的幸福。爱人，请与我牵着手，哪怕一步两步。

不仅仅是一颗牙的疼痛

牙疼，是一种难以形容的疼，那种疼无边无际，令你抓狂。

我的牙疼是间歇性的，常常在夜间发作。影响我的写作，也影响我的睡眠，很多偏方都用过了，都不见效，这一度令我感到恐惧。

去药店买了一盒甲芬那酸片，医生说这个药止疼效果好，只要吃上10分钟后就可以止疼，但是对胃的伤害也比较大，不到迫不得已，尽量不要吃。

这下心里就有了一种依靠。我把那盒药放到我的书桌上，我想疼痛难忍的时候就可以吃了。这样想的时候，疼痛就有了边际，我不再惧怕它，那颗牙真的就感觉不那么疼了。

人，总是需要某种依靠的吧。

疼痛难忍的时候，就生出了一种想法：让医生把自己的痛感神经掐断，从此不就没有痛感了吗？

但是，没有了痛感就是幸福吗？当感觉不到疼痛时，身体有了病症便不会被发现，健康受到威胁却没有了黄灯红灯的警报……疼痛竟然在保护着身体，虽然那么让人难以忍受。

失去痛感的同时你也会失去快感。味蕾再也品尝不到美味，指尖儿再也触摸不到冷暖，甚至，与情人的吻也失去了美妙。如果这样，你还肯让自己失去痛感吗？

只有品尝过黄连的人，才能更容易感受到泉水的甘洌；只有生活在悲剧中的人，才能演好喜剧。

所以，我宁愿有这样的痛感，证明自己还可以品尝，还可以触摸，还可以爱。

疼痛再一次袭来的时候，我静静地躺下来，一动不动，甚至舌尖都不去触碰那牙齿一下，我静静地追寻着痛的痕迹，它从下巴处开始，慢慢地爬向腮帮，再到颧骨，再到太阳穴，绕着我的右半球爬行不止，像一条贪吃的小虫，不肯歇息，永在寻食的路上。

第一次，我尝试着去品味疼痛。

曼杰施塔姆写道："前面只有痛苦，后面也是痛苦，跟我坐一会，上帝保佑，跟我坐一会。"

人生在世，有几人敢于这样对自己说：让痛苦陪我坐一会儿！

生病也有生病的好处，给自己一个借口软弱，爱我的人或者会生气我的颓废，恨我的人或者会幸灾乐祸，可有什么关系呢？谁能保证自己会一直有个坚挺的灵魂？

那些生病的日子，我会暂时忘掉那些客户、那些订单，不用在早晨给自己上紧发条，不用在晚上给自己备好解酒药，我只想做一个平常人，渴望简单得像白开水一样的生活，我不要荣华富贵，香车豪宅，只想做一个快乐的农夫，在空旷的田野里纵情歌唱，在收获的季节不眠不休兴奋地收割。

偶尔软弱一下，又何尝不是在给一颗心松绑！

不妨吹吹小冷风

不论是电视剧还是畅销书，铺天盖地渲染着爱的轰轰烈烈，看惯了爱的炽热，一旦有一股小冷风穿过，还真是别有一番滋味。

在一个专营“过桥米线”的小店里，我看到一个男人和一个女人。从样貌上看，男人明显比女人年轻。凭感觉，这好像是一对暧昧的网友。

我看到那男人有些拘谨，坐在那里时不时地望向别的地方，有些心不在焉。那女人问他，要不要喝点啤酒，男人点了点头。

女人从钱包里掏了零钱要了瓶啤酒，男人始终没有露出笑脸，大概是嫌女人找了这个过于便宜的地方吃饭吧。但看样子那女人也不是很富有，穿着打扮上也很是普通。大概和他想象中的人大相径庭吧，所以提不起他的兴致来。

两个人闷头吃着，女人时不时地拿餐巾纸去擦那男人的嘴巴，照顾得很周到，男人似乎并不领情，一句谢谢也听不见，好像这一切都是他该领受的。

“吃完饭我们去哪里呢？”女人依旧殷勤地问着。

“随便吧”，男人有些不屑地说，“就你们这小地方，能有什么好玩的去处？”

听到这样的话，再蠢的女人都该能听出话中的含义了吧。这一次见面，大概把之前所有的美好都统统打碎了。

看在眼里，颇为那个女人不值。她该是被自己一厢情愿的热情烫伤了吧，皮肤和内心定是针扎似的疼！

而生活中是不是也经常有这样过分的热情？就像一朵过于绚烂、过于搔首弄姿的花，猝然间遇到一股冷风，使它瞬间凋枯。

一个女人爱上了自己的老板，老板也似乎真挚地爱上了她。因为当女人没有特殊的容貌和背景时，感情就会变得相对纯净。就像你会怀疑百元钞票的真伪，但不必怀疑几毛钱的纸票。他们爱得迷乱，爱得纠缠，可是时间还是会介入人类感情的鉴别之中。有一天，老板对女人说：“也许我们这样就已经是最好，否则我们双方生活在一起，还会被现实的琐碎和双方家庭遗留下来的问题弄得心力交瘁。”

女人明白，这一句话是在为他们的爱设置了底线，限定了高度。女人这时已经在男人的帮助下有了自己的生意。他们没有明确什么，只是一些东西自然地淡了下来，心，不知什么时候起就已经准备好了对结局的承担。奇怪的是，她并不觉得悲凉，反而在这股小冷风里得到了些许解脱和自在。

一年有四季，如果日日酷暑，断是谁也吃不消的。这小冷风就像你温柔乡里的一个冷战，靡靡之音中的一记惊堂木。爱中有冷热，世态亦炎凉，不妨吹吹小冷风，使你的心，得以清醒，懂得辨别。

如果孤独漫上来

我还是爬不到岸上来。

无论我怎样挣扎，怎样歇斯底里，都抓不到岸边的哪怕一棵草。

你若病了，世间的一切就都病了。你看哪里，都是灰暗的。

人在用生命喂养时间，我们的血肉，就这样被一点一点扔进岁月的托盘，时间之犬却毫不留情地叼走它们。

孤独将我置于火山口的边沿。月光遥远，湖泊冷寂。

那是一座小型别墅。要穿过很大一片树林后才可以到达。

门上的把手被阳光照着，很暖。

屋子里的明媚，如满血的管弦乐队。每一束光线，都可以弹出好听的曲子。

虽然很久没人住过了，但并不妨碍阳光的涌入。站在好多面镜子前，你发现每一个你都可以如此斑斓。

透过很大的一扇窗子，就能看见大海。

有一点点潮湿的味道，但并不令人反感，有阳光的普照，没几天这点儿潮气就会被蒸发掉。

没有家具，没有照片，屋子里一片空阔。这反而是我喜欢的，这可以让自己开始一段崭新的人生，而不是从上一段别人的人生里复制过来，我要的就是这一点。

从别人的人生里撕扯下一块碎布，是补不牢自己那个过于空阔的伤洞的。

我要斩断与过去的一切纠缠。

我已经能够很清晰地感受到自己老了。从某种意义上来说，变老也是好事：我终于能够和父亲——这个给了我生命的人，分享我真正的童年。那其中没有太多自以为是的成年人想象出的单纯快乐，而我在时光的缝隙中无意瞥见的虚伪、势利甚至严苛，都蕴含在曾经不可言说的五味杂陈之中，可以向他倾诉。

法国画家奥古斯特·雷诺阿生命的最后15年中，一直忍受病痛的折磨，手经常扭曲抽筋。但他一直选择描画熟悉的快乐事物，所以他作品中没有一丝痛苦的痕迹，总是肯定着生活的美。

朋友忍不住问："为什么你这么痛苦，还要坚持每天画下去？"

雷诺阿说，"痛苦会过去，但是美丽永存。"

看清世间磨难，却依旧热爱它。这样的心，终将得到命运的浸润。

一个人，或许只有遇见过太多牛鬼蛇神，才会成就一脸不温不火不急不缓的佛相吧。

《我爱这哭不出来的浪漫》，这是一本书的名字，我不知道这是谁的书，但我爱上了这本书的名字。

哭不出来的浪漫，是一种怎样揪心的唯美！

殷勤的手帕等待着你的眼泪，你的眼泪却迟迟不肯落下，你退回到一个人的城堡，那里月光安然，那里湖泊无恙。

尼采在《最孤寂者》中说，"你为什么不安息呢，阴郁的心啊，是什么刺激使你不顾双脚流血地奔跑呢？你盼望着什么呢？"

曾经努力想去看清一些事，现在却开始放弃去看清一些事，怕自己抵达的彼岸，有太多的陌生，那种由熟悉转化而来的陌生，才是最冷的陌生。

你凝视镜子中的自己，你认出你自己了吗？世界让我遍体鳞伤，但那些伤口却纷纷开出花，纷纷长出翅膀。

经过了几十个新年，终于变成一个旁观者，任烟花绚烂，歌舞乱眼。

人生落实到最普通最平凡的时刻，就是现在。

人们说，现在的你已经像渐被秋色渲染的树叶，而我怎么就无知无觉？不是对于机体的衰老，而是对于曾经令自己惴惴不安的提醒——这就是不断自己制造障碍或遭遇挫折的好处吧？认识到生命本质力量的有限，从而放下那些对奇迹的过度爱慕。

从现在开始，每一步，都开始走得真实，像一朵花不再为蝴蝶的赞美去开放，但它开放；不为秋天的一滴眼泪而凋零，但它凋零。这就是此刻的我。

我在自己的灵魂里招兵买马。我看到了光。是的，光。

把光放进黑暗里，那才是真正的光。你或许看不见它，但它在那里，时刻等待着穿透那紧抱一团的黑。

就像命运，再也阻挡不了我内心的火焰升腾。

我也不再惧怕孤独，甚至有些深深地爱上它。

如果孤独漫上来，那么，我就用更庞大的孤独把它压下去。

人生的写意

法国作家蒙田有段文字，我很有感触，他说：

“我们生活的责任，不是去打仗，去扩张地盘。我们最豪迈、最光荣的事业，应该是生活得写意，一切其他的事情，执政、致富、建造产业，充其量也只不过是这一事业的点缀和从属品。”

的确，我们需要生活得写意。我们的时代也应该有更多的浪漫，而不只是工作。倘若，我们只是日复一日地奔走，而不能有生活，有闲暇，有逗留，有感受更多不经意“瞬间”的意识，那该多么无趣？

人要活在一种意境里，而不仅仅是现实中。

多少人，像一幅工笔画，每天按部就班地活着，陀螺一样机械地旋转，上紧发条的时钟一样嘀嗒。这就像一间没有窗户的屋子，你不能通过这扇窗子去享受微风，去欣赏白云、绿树和红花，这样的人生注定是有缺陷的。

人要活在一种意境里，就像孤舟和蓑笠翁，嵌在柳宗元的江雪里；就像绿肥红瘦，掩映于李清照的梦境中。就像陆游执扇，唐婉弄钗。淡然之于陶潜，怆然之于陈子昂，怡然之于王维，戚然之于杜工部。

意境是一个人心中的那片海，头顶的那片天。

写意的人生，是凌驾于苦乐之上的淡然。

吃糠咽菜，衣不裹体，苦吗？苦！不过表面而已。比之山珍海味，穿金戴银，所谓苦只是基于千百年来人类的一种主观评价。

活在憨笑的风里和微泣的雨里是不一样的。各得其乐，安于其所，穷富都不觉得苦，也不觉得乐。不论富裕贫寒，人五人六，男人女子，你都要不可避免地走向末日。

分分秒秒，不管是欲醉似仙的快乐，还是不堪忍受的痛苦，每一瞬息你都无法超越，只能老老实实地去享受或忍受。这才是活着的苦。

一个罗马尼亚女人，有着与中世纪巫婆相似的外表，有着与中国乡下农妇同样的温柔质朴的内心，站在布加勒斯特街头喷泉边，缓缓地对我说："生活给予了你什么并不重要，重要的是你只能承受。"借着内心荡漾的爱她说出了与她外表惊人相符的预言般真谛。

这是看透了苦，把苦当成咖啡来喝的一种超然。它就像一股清新的风，吹开了我心头的褶皱。

在现代人快节奏的生活中，需要我们出其不意地以静制动，试着静下心来思考，以心平气和面对诸多烦恼。这不啻为一剂清凉的药，让你在被现实困扰时，能听到潺潺的溪水声，感受到层层叠叠的鸟语花香。

正如蒙田那充满哲理的抒情："跳舞的时候我便跳舞，睡觉的时候我就睡觉。即便我一人在幽美的花园中散步，倘若我的思绪一时转到与散步无关的事物上去，我也会很快将思绪收回，令其想想花园，寻味独处的愉悦。"

一颗淡然的心，能解这世上所有烦恼的蛊。

只想到秋风里走走

不知不觉，秋天就晃晃悠悠地站到了我的面前。满嘴酒气的秋天，把太阳熏得摇摇欲坠。

我在城市里哀伤，柔软的脚不习惯生硬的皮鞋，单纯的心不习惯灯红酒绿。但我学会了伪装，变着不同的声音说话，生怕有人将我认清。我不想让他们知道我是个外省的农民，尽量穿得让自己像个地道的城里人一样，但身上总有些地方，与这个城市格格不入。我的灵魂纯净而卑微，我羡慕城市的生活，不停地追逐，希望能尽快与城市融为一体。但城市终归不是我的天堂，我一边努力挣钱，一边不停地受着伤害。因为永远赶不上城市的潮流，城市的变化让人目不暇接。

在那个中午之前，我是一个伪装到牙齿的城市人。那个中午之后，确切点说，是见到那只羊之后，我变回一只羊。

那只羊，是一个快餐店里负责送外卖的小伙子，衣着并不十分干净，脸上挂着憨憨的笑。他说他来迟了，对我们说了一大堆道歉的话。“路上塞车了？”我们问他。“没有”，小伙子不肯用谎言为自己辩解，他说他没有坐车，只是想到秋风里走走。他说他一年到头没有停闲过，每天都在不停地奔走，他每天都在赶时间，怕怠慢了客人。可是那天，他不知道怎么了，就那么一门心思地想要到秋风里走走。他说看到树叶落了，就想到了衰老的母亲。那些落叶好像在向他招手，让他身不由己地走进秋风里。他不知道，他这样走走不要紧，害得我们饿了半小时肚子。这半小时里，我们不停地给快餐店打电话，快餐店老板显然也生气了，估计回去是要炒他的鱿鱼的。

他并不为此后悔，他说，到秋风里走走吧，哪怕只是为了想念一会儿母亲。

我们一起去为小伙子向快餐店老板求情，老板收回成命，得以让那个小伙子继续在外卖的路上风尘仆仆。

回来的时候，我忽然也有了一种冲动，我下了车。我和朋友们说，我也要去秋风里走走。在空旷的郊区田野，我和风拥抱了。我和风说，你也会在秋天里成熟。春天的你软弱无力，夏天的你散漫懒惰，冬天的你冷酷无情，只有秋天，你来到我身边，时而温柔，把往事都装到我的口袋里；时而冷峻，指给我明天的路口。

只有秋天，我才能依偎在你身边，与你耳鬓厮磨。

路过一个小镇，我会想象它的容貌，还有那些忙碌着的人们；路过一座山，我会想象它在那里蹲了多少年，看过多少岁月的沧桑变迁；路过一棵草，我会想到它在等候谁的到来，见证谁的归去。

还有一片庄稼，一块鹅卵石，一间家舍，一条小溪，一头牛，一道霞光，一棵树，一根电线杆，一朵无名的花……秋天里的事物充满哲思，闪着智慧的光。

我只是一只路过城市的羊，其实羊的天堂是辽阔的草原，不是灯红酒绿的城市；其实羊的快乐就是吃到新鲜的草，而城市里没有。这是我的思想，一只羊的感悟。

回不了家的时候，就到秋风里走走，到秋风里尽情地流泪。

到秋风里走走，感觉就像是在母亲的怀抱里游走。

一片落叶打在我的脸上，我轻轻接住它，和它说，春天，我们再见。

失眠的海

母亲有失眠的毛病，用了很多办法都不管用。这个毛病就像一只恶魔的手，招摇肆虐在母亲睡梦的边缘，让母亲的每个夜晚，都变得惴惴不安。

看着母亲日渐老去，我的心痛亦是无法言说。我开始搜罗各种治疗失眠的偏方。今天打电话告诉她，要多吃小米粥，明天打电话告诉她，在粥里放些大枣……母亲应着，按我的偏方去做了，依然不见效果。

那天早晨，我在母亲的枕头边上看到了一个盘子，里面装了一些细细的葱丝，我问母亲那是做什么用的，母亲说，难道你忘了吗？你和我说过的，这是治疗失眠的偏方啊。

母亲说，好像还挺好使的，最近几天睡得挺香。

我猛然记起，有一次我和母亲说过这样的话。可是我明明记得，我说的是姜丝而不是葱丝。

母亲听错了，可是她却那么相信她的儿子，她坚信，她的儿子讨得的偏方，一定可以治疗她的毛病。

母亲这些年要操心的事情太多：大哥喝醉酒打伤人，吃了官司，赔了人家很多钱；二哥离婚，人也下岗了，在她那里住着，靠出苦力维持生计。母亲每天天刚刚亮就要起来给他做饭，她还一直惦记着给二哥再张罗一个媳妇，四处托人保媒；姐姐家刚刚出生的宝宝生了很奇怪的病症，医生们用了各种办法也无济于事，刚来这个世界短短几天便撒手而去；我常常在外办案，更是让母亲放心不下，一颗心常常悬在嗓子眼儿上……我们成了母亲心中纠缠不断的结，令母亲在每个夜里辗转反侧。

所有的这一切，使母亲得了这样一个毛病，夜夜失眠。

因为睡眠不足，母亲在白天的时候，常常坐在那里就耷拉着脑袋睡着了。我们看着电视，回头看母亲已经鼾声四起了。开始我们还会拿母亲开着玩笑，母亲也常常在我们的笑声里醒过来。一边笑着一边责骂自己：怎么又睡着了，都成了大觉包啦！

母亲越来越瘦弱，极度缺乏的睡眠抽走了她的健康。那以后，我们再也不忍心唤醒坐着睡着了的母亲。

如果这些只言片语可以穿起过往，我愿意，把自己揉碎，变成一个凛冽的词、一个停顿的逗点、一个起着承上启下作用的段落。可是，一个急刹车的句号，忽然断了我所有的念想——母亲，因为常常失眠导致了脑溢血，住进了医院。在病床上整整昏迷了十多天。

我们一边呼唤着母亲，一边在心里惦念着：这样也好，母亲，您终于可以睡一个安稳的觉了。

那些天的梦里，总能梦见母亲离开了这个世界。总是忍不住啜泣，而自己亦常常被自己的哭泣惊醒。醒来后，发现一切都是虚幻的，确定了母亲不曾离去，便有一种破涕为笑的冲动，但是伤感的心，一时半会儿缓不过劲儿来，身子依然抖着，像夏日夜里被风鞭打的凤尾竹。

母亲被唤醒的时候，我们每个人的脸上都挂满了幸福的泪水。那种表达不出的爱和长年埋在心里的对母亲的依赖，原来是经不住一丁点儿分离的风吹草动啊。

从小到大，我们在睡觉时一个轻微的咳嗽，一次简单的翻身，都会引起母亲的注意，冬天会不时地给我们掖着被子，夏天会拿着蒲扇，不停地为我们驱赶蚊虫。我们放心地做着我们的美梦，不担心中途被打断，我们的睡眠总是最舒适的，因为母亲是我们那些美梦的守护者。

而母亲呢，一辈子很少睡过踏实安稳的觉。

母亲的心，是最浩瀚的海。大海无法入眠，因为她的心里装了太多的牵挂。

如果可以，请让大海安心地睡一觉吧！